패밀리 사이즈 3

초판　　　1쇄 발행 2015년 11월 20일

지은이　　남지은 글 | 김인호 그림
펴낸이　　한승수
펴낸곳　　문예춘추사

편집　　　조예원
디자인　　김선영
마케팅　　안치환

등록번호　제300-1994-16
등록일자　1994년 1월 24일
주소　　　서울특별시 마포구 연남동 565-15 지남빌딩 309호
전화　　　02-338-0084
팩스　　　02-338-0087
블로그　　moonchusa.blog.me
E-mail　　moonchusa@naver.com

ISBN　　　978-89-7604-282-8 04810
　　　　　　 978-89-7604-244-6 04810(세트)

여섯 식구 만화가 가족의 일상 속으로! Family Size

패밀리 사이즈 ③

남지은 글 | 김인호 그림

문예춘추사

새해 다짐

〈일주일 후〉

〈3일 후〉

한 살씩 먹는 게 그렇게 신 났던 어린 시절…

하지만 엄마 아빠는…

어쩐지 나이 먹기 싫은 시절…

아빠는 새해에, 너희들과 더 많이, 더 잘 놀아줄 거야~

엄마는 너희들과 함께 있을 때 이유 없이 스마트폰을 하지 않을 거야~!

나는 사탕을 먹지 않겠습니다!
오오~~!!

나는… 싸움 놀이를 하지 않겠습니다~!
이야~ 진짜 좋은 생각이다! 요즘 싸움 놀이를 너무 해서 다칠까 걱정했는데…

음~ 나는… 우리 집에 있는 책을 전부 다 읽고 싶어요!
오~~ 그래! 이제 여덟 살 되니까 책이랑 더 가까워지면 좋지!

메~에

으...

다짐은 역시 자기와의 싸움! ㅋㅋ

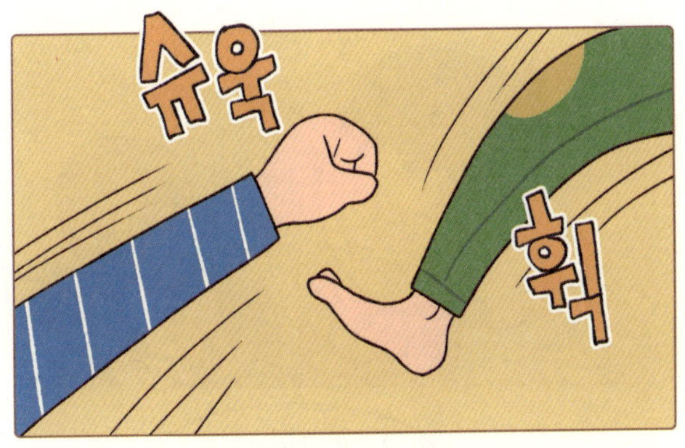

작심 10시간… ㅋㅋ

마찬가지! 작심 10시간…ㅋㅋ

아빠~
같이 영화 보자~
펭귄 나오는 거~
가자
가자~

아빠는 새해에, 너희들과
더 많이, 더 잘 놀아줄 거야~

흑~ 하필
오늘이 마감 날~!
미안하다…
마감
마감

아… 다들 방학이지~!

그냥 방콕 모드… 안 되겠니?

사 남매 데리고 방콕에도 한계가…!

그리하여 처음으로 사 남매와 엄마 만의 외출!

비록 붙은 자리가 없어서
떨어져서 봤지만

션, 뚜에게 영화도 보여 주고~
셋째 넷째 재우고 '커피 타임'도 갖고~
다 같이 밥도 먹고~ ^^

엄마와 사 남매의 데이트 미션! 성공~! ^^

자~ 사탕~!
밥 잘 먹어서 주는
거야~ 형들이랑
나눠 먹어~

나는 사탕을
먹지 않겠습니다!

형들은 작심 10시간이었는데 아직 어린 혀니가… ㅠ..ㅠ

비록 징징거리긴 했으나 끝끝내 사탕을 먹지 않은 혀니!

새해 출발 GOOD!입니다요~! ^^

어학, 독서, 운동 등! 해마다 하는 새해 다짐!
올해는 아주 조금씩이라도 지켜가 보아요~!
혀니처럼요~!ㅎㅎ

어렸을 때는 새해 첫날이라는 것이
무척이나 특별한 날로 다가왔었는데…

아이들 아침 먹이고 놀아 주고 돌보다가
점심 먹이고 간식 먹이고 낮잠 재우고,
저녁 먹이고 씻고 재우고…

매일 똑같은 일을 반복하면서,
감사한 줄도 모르고 새해를 맞이한 것 같아
살짝 반성하는 마음이 드네요…

생각해 보면, 365일을 기준으로
작년과 새해를 구분 지을 수 있는 것은 참 큰 축복인 것 같아요.

작년까지는 잘 안 되었던 일, 힘들었던 일도
'새해'라는 이름만으로
다시금 도전하고 시작할 수 있는
용기와 희망을 주니까요.

아이들도 작년과 올해,
또 조금씩 달라지겠죠~
기대와 감사로 한 해를 보내야겠어요. ^^

나, 돌아갈래

넷째 낳고 오랜만에 친구들을 만났다.

'하긴… 요즘 몸무게 안 재어 봤으니…!'

기대감에 체중계를 꺼냈다.

몇 키로
빠졌을라나?
두근 두근

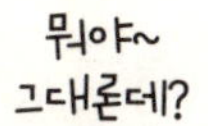

뭐야~
그대론데?

남들이 볼 땐 빠져보이나?
팔다리는 원래 가늘었던
편인데…

아…!

허리는 두꺼운데 팔다리만 가늘어지고…

여보!
다 그렸어!
대사 확인해~

응~
랄라 받아 줘~

척!

우와!
왜?

허리 둘레가
당신이랑 나랑 똑같나봐!
당신이 차고 있던 그대로
찼는데 딱 맞아!

허리도, 어깨도… 아빠 사이즈가 되어버린 엄마… 슬프다! ㅠ.ㅠ

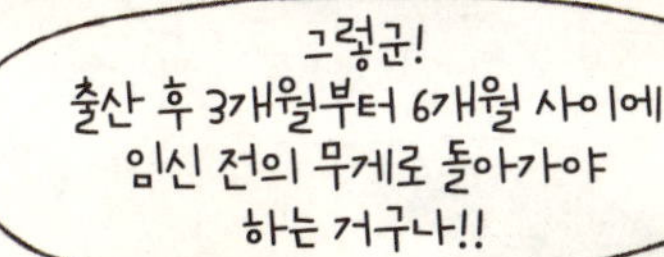

아직 안 늦었어!
출산 4개월 차니까
지금부터
임신 전의 무게로
돌아가기 위해
필살의 노력을
하리라!!
불끈
잠깐!
임신 전 무게로
돌아가겠다고?
응!
누구 임신 전이란
말인가? 넷째?
셋째? 둘째?
음!
그건...

〈셋째 낳은 후…〉
아~ 살 빼야 되는데…
에이~ 나중에 넷째 낳을 건데 뭐~! 넷째 낳고 빼야지~!

〈둘째 낳은 후…〉
아~ 살 빼야 되는데…
에이~ 셋째 낳을 건데 뭐~! 셋째 낳고 빼야지~!

우선, 랄라 임신 전으로 돌아간 후에…
어허! 잘 생각해 보시게!

아! 그러고 보니 지금 몸무게는 랄라 임신 전 몸무게네?
이그젝틀리! 정확히 그렇다!

핵심은 이거다!
당신은 이미 7년 전부터
출산을 할 때마다
차곡차곡 살들을 남겨 왔다!

그래서 당시 몸은!
그렇게 수년 동안 쌓인 살들을
이미 내 것으로 인식하고
있을 터!

게다가 지금! 당신은
수유를 하니까 더 많이 먹어도
된다고 생각하고 있다!
아닌가?!

그러니 7년 전, 첫째 출산 전의 무게로
돌아가겠다는 것은 어마어마하게!
엄청나게 어려울 것이라는 결론!
고로,
다이어트는
불가능하다!
퍽
응원은
못 할 망정…!
흥! 두고 봐!
힘도…
어마어마하게…
엄청나게 세네…

아침에 일어나니 뱃살이 쏘~옥 들어가 있었다.

이대로 유지하고 싶다는 생각이 들자
갑자기 식욕이 사라졌다…

그래서 아점을 가볍게 먹었다!

그러자…

허기가 지는 바람에
저녁을 거하게 먹게 되었다…

차라리 점심을
거하게 먹지~ ㅋㅋ

이것이 바로 잘못된 다이어트의 악순환이다!

애들 좀 더 키운 후에 다 같이 운동하자…

169cm.

키가 큰 편인데 임신하고 살이 찌자
이제는 '너무 큰 여자 사람'으로 변하더라구요.
스스로 거인처럼 느껴지더라는… ㅠ.ㅠ

아이 낳기 전에는 워낙 마른 편이었기에
나와 '살찌기'는 전혀 어울리지 않으며,
나는 결코 살이 찌지 않으리라 장담했었는데…

몇 번의 임신과 출산을 반복하면서
차곡차곡 남은 살들이 배에 붙어 떠나질 않고
정말 이티가 되어 가고 있네요… ㅠ..ㅠ

비교적 가느다란 팔다리만 보고
지인들은 살이 많이 빠졌다고들 하시지만…
어흐흐흑… ㅠ..ㅠ

건강을 생각해서라도(?)
뱃살만큼은 꼭 빼고 싶다는…모든 엄마들의 그 바람!
저도 간절합니다!
어흐흐흑….

아직 늦지 않았겠죠?
파이팅!! ^^

어렵다, 어려워!

〈란과의 수다〉

도둑이 제일
싫어하는 아이스크림이
뭐~~게?
음~~ 글쎄?
누가봐!
와아~~!
그러네!
히히~

그럼, 도둑이 제일 좋아하는 아이스크림은 뭐게?
흠~
곰곰
그것도 몰라?
보석봐!
아하하!! 그러네~~

요즘 애들도
그걸 아는구나!
알고 있어도
모르는 척해 줘야 돼~
ㅋㅋㅋ

큰엄마 큰아빠한테
춤 보여 줄까?

풀짝
풀짝
아유~
귀여워!

훗~ 춤하면
내가 빠질 수
없지!

꺾기
꺾기

웨이브~
내가 빠질 수
없지!

〈그날 밤〉

"내가 진짜 열심히 추고 있는데…"

"아무도 내 춤은 안 보시더라…"

아~! 그랬어? 미안~ 미안~
다음엔 엄마가 네 춤 꼭 볼게~!
응!
쪽

다들 어린 동생들
춤만 보셨구나!
응~ 귀여우니까…
우리도 모르게 시선이 다
그리로 갔었나 봐~!
서운할 수도
있겠네~
앞으로 신경 써서
골고루 쳐다봐야지~

난, 요즘 우리 아들 입에서
내가 하는 말이 나와서 깜짝 깜짝 놀라~
의성어까지 똑같이 말하더라고~!
앗~ 차!
내 정신 좀 봐!
알아~
우리도 그래~!

옴마!
이것 좀 해 줘~!
어~ 해 줄게~
기다려 봐~
내가 한 번 말할 때
들으라고 했지!
빨리 해 줘! 옴마!
헉!

이제 네 애들 때문에
무슨 말을 하기 전에 예쁜 말투인지
한 번 더 생각해 보게 된다니까~
크크... 맞어~
난 이런 적도
있었어~

율아! 거짓말은 나쁜 거야~
항상 솔직하게 말해야 돼~ 알겠지?
끄덕 끄덕

우와~
이 아가 되게
못생겼다!

헉!!

율아~그렇게 말하면 안 돼~!
못 생겼다고 하면 아가랑
아가 엄마가 속상하거든~!

거짓말은
나쁘다면서?
솔직하게
말하랬잖아~

그래… 근데 못생겼다는 말은
듣는 사람이 속상하니까
하지 말자~ 알겠지?
끄응…
끄덕

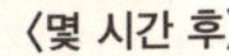
〈몇 시간 후〉

응

"어렵다~ 어려워~!"

이웃에 사는 '란'은
정말 소중한 저의 친구랍니다.
본명은 혜란이지요~ ^^

전지현을 닮은 예쁜 혜란~!

이 친구랑 있으면,
분명 제가 두 살 언니인데도 자꾸 동생이 된 기분이고…
인생 선배 만난 것 같고…

그런 '나이 어린 친구', 아시죠? ^^

언니 같고 선배 같은 란과 이런 저런 육아 수다를 나누다 보면
스트레스도 해소 되고… 힘들었던 일에 위로도 받고…
다시 힘내서 육아를 잘 해 보고 싶은 새 힘도 생겨난답니다~! ^^

그러고 보면 여자들에게 '수다 시간'은 참 의미 있고 귀한 시간인 듯…

그러니 남편들~
아내들에게 주기적으로 '수다 타임'을 꼭 선물해 주세요~ ^^

엄마들의 힐링 타임

〈란과의 대화 2〉

시아버지?
응~ 친구분들이랑 술 한 잔 하시면 가끔 이렇게 전화를 주시네~
우리 친정 아빠도 그러시는데…
우리아빠는 주로 문자를 보내셔~
볼래?

아빠는 너희를
사랑한다~

〈앞하는 너희를
사망한다~〉
오타 주의해서
알아서 잘 읽어야 돼~!
일하랴~
애들 키우랴~
안 힘들어?
몸이 좀
힘들지~

애들 재우고 일하는데
마감 늦어지면 새벽 늦게까지
글 쓰다 자야 되고···
그래도 남편이
집안일 많이 도와주지?
응~!

자기 말로는
그럴 수밖에 없대~
?

어~ 그래 그래!
엄마 설거지 마저
하고 놀아 줄게~
끄응
끄응

아, 그냥 두고
랄라 봐~
내가 할게!
아고~
땡큐요!

반짝
반짝

그래 그래~
빨래 마저 개키고
엄마가 재워 줄게~
…
아, 그냥 두고
랄라 봐~ 내가 할게!
땡큐!

랄라 잠들면
거실 좀 정리해 줘~
응~!

…

랄라야~
오늘따라 왜 이렇게
못 자냐~
아직도
안 자?
응~
배가 많이
고팠나 봐~
계속 먹기만 하네~
빨리 잠들어야 엄마가
집 정리를 하지~ 자자~

당신은 신경 쓰지 말고 일해~
잠들면 내가 후딱 정리할 테니까~

아으~! 이런 건
정말 못 봐주겠어~!
내가 빨리 치우고
말지~!
그냥 두라니까…

우리 집에서 정리 안 하면
못 견디는 유일한 성격이라~ ㅋㅋㅋ
좋네~!
ㅋㅋ

너희 신랑도
많이 도와주잖아~
응~ 주말엔
최선을 다해 주지~!

근데
평일엔 너무 바쁘니까…
나 혼자 두 아이 돌보려니
많이 지치긴 해~!
한 번은, 나도 모르게
아이한테 속 마음을
얘기했는데…

패밀리 사이즈 3

놀고 싶으면 놀고
먹고 싶으면 먹고~ 하고 싶은 걸
마음껏 하니까~
엄만?
엄마는... 설거지도 해야 하고
빨래도 해야 하고, 집 청소도 해야 하고
동생도 돌봐야 해서 하고 싶은 걸
마음대로 못 하거든~
그래서
율이가 부럽다~

신이시여~
우리 엄마가
율이가 되게 해
주세요!
와~ 감동이네~!
그치?
이렇게 수다 떠니까
더 힐링이 되는 것 같아~
맞아~
맞아~

스윽
앗! 둘 다
일어났네?

엄마
다녀왔습니다!!

수다 끝~~~!!

오늘
즐거웠어!
언니~
그래~ 언제 또
이런 기회가 올진 모르지만...
다음에 또 수다 한 잔 하자구~
^^

쉬는 날, 대부분의 아빠들은 집에서 최선을 다해 아내를 돕습니다.
회사에서도 많이 피곤했을 텐데…
집에서 만큼은 쉬게 해 주고 싶다는 생각도 들고,
반면, 집에 있을 때라도 좀 도움을 받고 싶다는 생각도 들겠죠?

저희 부부는
2년 2개월의 군 생활 동안 떨어져 지낸 게 너~무 억울하니
제대하면 바로 결혼하기로 하고…
전역 후 1년 동안 아르바이트로 돈을 모아
대학생 시절 결혼식을 올렸습니다~ ^^

천만 원도 안 되는 돈이었지만
월세로라도 시작할 수 있다는 생각으로 결단을 내렸었지요! ^^

그때부터 지금까지 10년이 넘는 시간 동안 매일 함께 지내고 있답니다.
그렇게 24시간 365일을 붙어 있다 보니, 육아 역시 함께할 수밖에요… ^^

출산과 모유수유 등의 고충을 곁에서 매일 지켜본 남편은
눈으로 보고 피부로 느끼기에 아내를 돕지 않을 수 없다고 해요…
이런 남편의 말을 들으면 정말 감사한 마음이…

너무 바빠서 육아를 함께하지 못하는 아빠들도 많이 계시죠?
가족 각자의 환경과 상황은 다르지만
가족을 사랑하는 마음은 모두 동일할 거라고 생각해요…

'란'과 대화를 나누면서… 그런 생각이 들었답니다~

랄라, 힘내!

어느덧, 4개월! 120일을 꽉 채운 랄라~

접종을 하러 갔더니…

선생님은 놀라신다.

엄마 아빠는 놀라지 않는다.

4개월이 되니 확실히 움직임이 빠릿빠릿해졌다.

목도 자유자재~

손놀림도…

자유자재~

발놀림?

말할 것도 없지!

하지만 역시 몸이 무거우니

하늘만 바라본 채로 누워 있다…
그래서 그냥 버둥거리는 걸로만 보인다는… ㅋㅋㅋ

그러던 어느 날! 랄라와 같이 태어난 친구의 사진을 봤는데…

오옷! 이 여유 있게 올라온 상체 좀 보소!!

하늘만 바라보던 4개월 인생 랄라 양!
처음으로 뒤집어 놓았더니…

점점…

내려온다… ㅠㅠ

하하~ 너도 니가 무겁지?

다음 날, 다시 시도!

잘 버틴다 싶더니 곧…

그 다음 날엔, 오기가 생기는지 큰 고함과 함께 목 들기!

그러고 보니 유독 무거웠던 션의 뒤집기가 생각나네…

5, 6개월…
션의 친구들이 몸을 뒤집고 배밀이를 하며 조금씩 기어다닐 무렵…

유독 뒤집기가 늦었던 션…

쉽게 뒤집지 못한 채
하늘만 보고 기어 다녔었다는… ㅋㅋ

랄라가 태어났을 때…

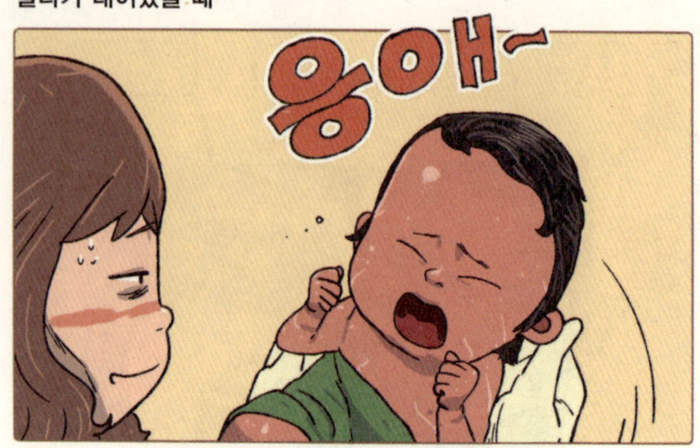

한눈에 예사롭지 않다는 걸 알아봤다!

바로 이 **머리숱!**

이건 4개월 된 아이의 머리 길이가 아니다!

옆에서 보면 축구 선수 김병지 스타일!

뒷머리는 무려 어깨 아래까지…!!

하지만 머리 길이 때문에 유독 **3등신**으로 보인다는 게 함정…

3등신이라 더 귀여운 랄라~   큰 오빠의 뽀뽀 3연타!

오빠들 사이에 새로운 뽀뽀룰이 생긴 모양이다. ㅋㅋㅋ

랄라가 태어나기 전부터 지금까지
여기저기서 보내 주신 예쁜 옷들…

잘 입고 있어요~ 정말 감사합니다~!

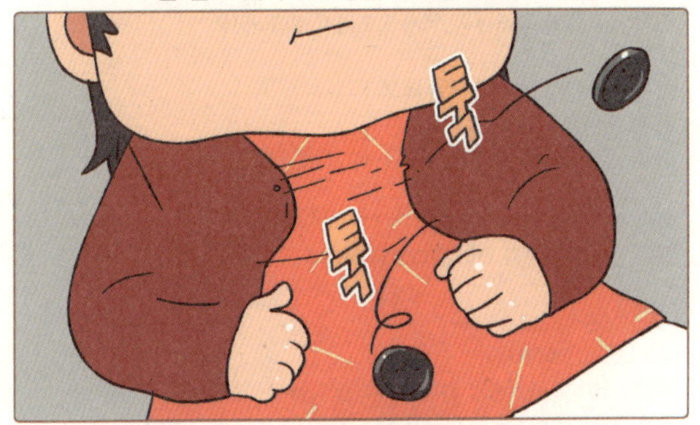
툭

툭

벌써 작아진 옷들이 꽤 생겼네요~ ^^;

이렇게 빨리
작아질 줄이야…

주변 아기들에게 잘 물려줄게요~! ^^ 감사해용~!

꽉 채운 4개월 랄라 양!

누워만 있던 아이가 조금씩 움직이고
상체를 들기 시작하는 걸 보면서
이미 세 아이를 길러낸 저 역시도 조금씩 설레더군요.

이제 조금 지나면 기어 다닐 테고
좀 더 지나면 붙잡고 설 테고
그러다 눈 깜짝할 사이에 걸어 다니겠구나!

그런 생각들을 하니 두근두근… ^^
딸은 엄마의 친구가 되어 준다고들 하던데…

'너는 어떤 식으로 말할까?'
'너의 성격은 어떨지…'
'4살만 되어도 종알종알 엄마랑 대화를 나눌 수 있겠지.'
'어서 커서 엄마의 좋은 친구가 되어 주렴…'

랄라 엄마는 오늘도 그런 생각으로 두근두근 설렌답니다! ^^

엄마를 완성하는 패션

임신했을 때 예쁜 옷들을 보면

수유 티만 입게 된다…

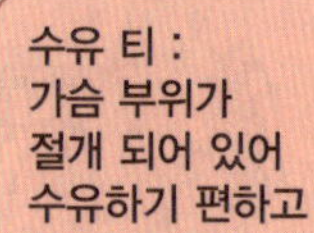

하지만 싼 수유 티 몇 벌로 그렇게 버티다 보면…

예쁜 옷에 대한 갈망은 더욱더 커지게 되는데…

그러나 옷 사러 갈 시간은 없고…

결국 인터넷으로 지르게 된다.

하지만 막상 옷을 받아 보면…

옷들이 다 작은 느낌…

뱃살 때문에 짧은 티 입기가 힘든 엄마의 슬픈 현실 ㅠㅠ

결국 그 중에서
제일 넉넉한 옷 한 벌만 건지게 되고

그 옷만 매일 입으니
금세 너덜너덜해진다는…

이런 아내를 위해, 어느 날 남편이 큰맘 먹고 쇼핑 시간을 주면

예쁜 옷들은 다~ 아기를 안거나 수유하기에 부적합해서

점점 선택의 폭은 좁아지고…

그 중에서 고르고 골라 한 번 입어 보면…

매장 점원 말씀이 정확히 맞아서 또 슬픈~ ㅠㅠ

내가 산 옷은 내 눈에만 괜찮아 보이게 된 현실이
나를 또 아프게 한다… ㅠ..ㅠ

돌이켜 보니 패션의 위기는 예전에도 한 번 있었다.

바로15년 전! 남편과 만나기 시작했을 때!

내 스타일과 남편이 선호하는 스타일이 너무도 달라서

새로운 옷에 적응하느라 한동안 애매했었다는~ ^^;;

그 후로 다시 찾아온 패션의 위기!

애 돌보기 가장 편한 스타일!

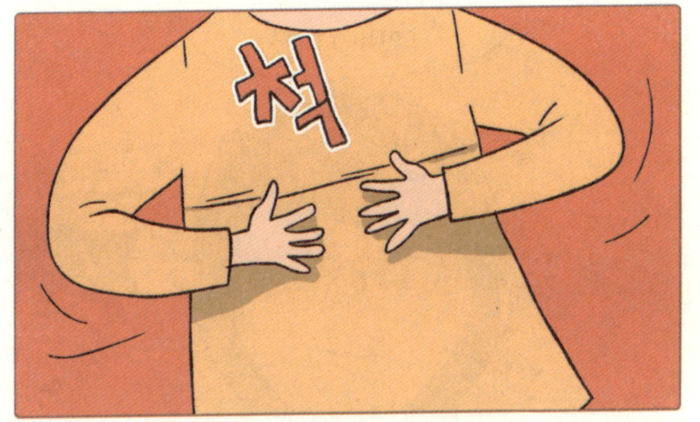

이게 내 스타일이 되어 버렸다…

몇 년째 이러다 보니…

이젠 패션 감각 자체를 잃은 듯…

셋째 낳고 얼마 안 됐을 때 잡힌 친구 결혼식.

그때 발견한 최고의 아이템을 소개한다!

아기 엄마여!
여기 당신을 위한 **최고의 패션 아이템**이 있습니다!

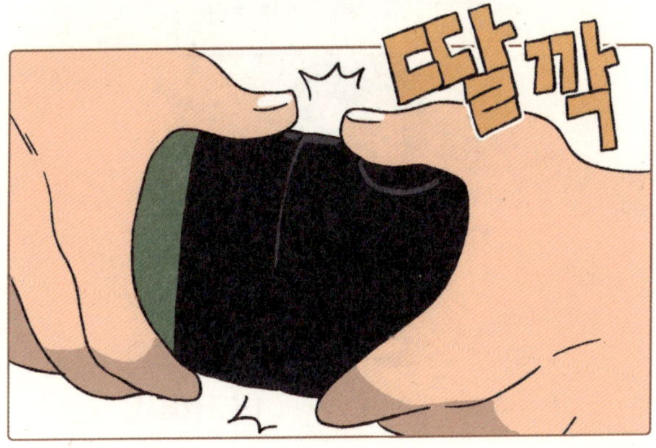

내 패션의 완성은~! 바로 **아기띠!!**

주의 : 애를 내려놓는 순간 후줄근해지니 조심할 것!

한 살 터울, 두 살 터울, 세 살 터울로 아이 넷을 낳다 보니
옷장을 열면…
임부복, 수유복, 유행이 지난 일반 여성복이 늘 한 켠에 자리 잡고 있어요.

넷째를 낳고서야 모든 임부복을 속 시원하게 처리할 수 있었답니다. ㅋㅋ
남아 있던 임신 관련 모~든 제품들까지도요! ^^

그리고 지금은 수유 티와 수유하기 좋은 일반 의상들 사이에서
하루하루 연명한다고 해야 할까요?
나름 '버티기'를 하고 있습니다. ^^

랄라 수유가 끝날 때까지는 어떻게든 버티다가
수유가 끝나는 순간!
정말 예쁜 옷을 실컷 입어보고 싶어요!!

특히 원피스!!!
수유할 때는 결코 입을 수 없었던 너를…
꼬옥~ 입을 테야~!!

물론, 예쁜 옷을 소화할 수 있도록
뱃살 제거부터 확실히 해야겠습니다! ㅋㅋ

지금은 비록 아기띠 하나로 패션을 완성하고 있지만
내후년을 기대해 주세요~! ㅎㅎㅎ

엄마의 위시리스트 wish-list!!

처음엔 귀여워서 웃음도 나고…

계속 그러면 정신이 나간 듯 멍해지기도 한다.

그리고 결국 짜증이 폭발하게 된다!

엄마 아빠를 이렇게 만드는 그 상황! 시작은 이러하다…

한 녀석이 말을 꺼내면

자연스레 다른 녀석이 말하기 시작하고

그리고 나머지 녀석도 질세라 끼어서 말하기 시작…

그래~! 한 명씩 말하는 건 기꺼이 웃으며 들어줄 수 있다!

하지만 셋이 동시에 말하기 시작하면…

그야말로 정신이 하나도 없다!

특히 밀폐된 공간에서는 더더욱!

동시에 쓰잘머리 없는(?) 질문을 할 때도…

진심으로… 정신이 하나도 없다! ㅠ.ㅠ

그래도 성의껏 대답해 주려고 나름 노력하는데…

그렇게 목청 높여 자기 질문에 먼저 대답해 달라고
떠들어 대던 녀석들이

대답해 주면 아무도 듣지 않고 있다는…!
이것들 꼭 딴청을…!!

애들 노는 소리가 유독 시끄럽게 들리고
거슬릴 때가 있는데, 바로 막내를 재웠을 때…!

그러나 아이들은
말로 한 번 해서는 아~무 소용이 없고…

여러 번 말을 한다 해도 아~~무 소용이 없다… ㅠㅠ

자기들보다 더 시끄럽고 큰소리가 나야지만
그제야 반응하는 아이들… 왜 그럴까? ㅋㅋ

그래서 요즘에 간절히 갖고 싶은 게 하나 생겼다!

바로, 음소거 기능이 되는 리모컨!

예상치 못한 소음이 들릴 때마다…

조~용~

아기의 단잠을 깨우지 않아도 되니…

조~용~

정말 이런 리모컨 하나 있으면 참 좋겠구나~!

하지만

만화 속에나 존재하므로…

애 키우는 집안은 늘 시끌시끌할 수밖에 없다~! ^^

어느 날, 이웃집 란이 이모네 놀러 간 삼 형제…

애들이 없는 날은 너~무 조용해서 또 이상하다는… ㅋㅋ

그래… 이래야 애 키우는 집 같지~!

먼 훗날, 이 소음들(?)도 다 그리워지겠지~! ^^

언제나 시끌시끌한 우리 집.

정말 아이들이 동시에 떠드는 그 소음이란…
여러분이 짐작하시는 것보다 정말 많이 시끄럽답니다. ㅎㅎ
어떤 날은 멍~하니, 정말 정신이 하나도 없다는… ㅠㅠ

차 안에서 남편과 조곤조곤 대화라도 하려고 하면…
이상하게 더 심하게 떠들고 끼어드는 아이들.

덕분에 "조용히 좀 해 줘~"를 입에 달고 살 수밖에 없답니다. ㅠㅠ

반대로, 차 안에서 아이들 모두 잠에 들면
그야말로 천국이 따로 없다지요~ ㅎㅎ
평온한 그 시간에 커피라도 마시면서 남편과 조용히 대화를 나누는 것이
요즘 제겐 제일 해피한 시간이랍니다~ ㅎㅎ

물론, 그 시간이 그리 길지 않다는 게 함정.
랄라는 잠귀가 무척 밝아서 작은 소리에도 잘 깨거든요… ㅠ..ㅠ

아이들이 깨면, 리모컨을 들고 음소거 버튼을 누르는!!
그런 상상을 가끔 해 본답니다~ ^^;

57화

홍콩에서 알아봤다!

새해가 되면 늘 영어 공부를 시작하는 아내!

덩달아 남편도 영어 공부를 하기로 결심하고…

나는 알고 있다…

남편이 영어랑 정말! 그다지! 별로! 많이! 친하지 않다는 사실을…

7년 전, 결혼 5년만에
우리 세 식구는 8일 동안 홍콩 여행을 떠났었다.

학창시절 홍콩 4대 천왕 중 여명을 엄청나게 좋아했었고
나름 중국어에 자신이 있었기에 택했던 홍콩 여행!

반면, 영어도 중국어도 아무것도 안 되지만,
아내만 믿고 걱정 없이 홍콩으로 향했던 남편!

막상 홍콩에 도착하니
남편은 외국어 울렁증에 시달리기 시작했다.

식당에서…

당신이 주문
할 수 있다며~?
주문하려고
하는데 자꾸
이상한 말을 해…

(중국어로)
저에게 다시 한 번
말씀해 주시겠어요?
척

그때부터 시작된 외국어 울렁증은

남편의 눈과 귀를 더욱더 막히게 만들었다는…

오후가 되어 한국에서 미리 예약해 둔 호텔에 도착했다.

남편의 카드로 미리 결제를 했었기 때문에
신분증을 확인해야 했는데…

남편이 꺼낸 신분증은, 여권이 아닌
주민등록증이었다!

그 사건 이후 영어와 더더욱 멀어지게 된 남편… ㅋㅋㅋ

이 일화는 남편의 함구령으로 지난 7년 동안 감춰져 있었다가
패밀리 사이즈를 위해 특별 오픈 되었다는… ㅋㅋㅋ

오늘 하루 영어로만 대화해 볼까?
오케이!

먼저 해!
먼저~

아아

좀 더 공부한 후에… ㅋㅋㅋ

이상하다… 그렇게 오래 배웠는데도 왜 입이 안 떨어지니~ ㅋㅋㅋ

아내의 격려와
아이들의 반응에

자신감 완전 충만!

며칠 후…

나는 안다.
남편과 영어 공부는 너~무 안 어울린다는 사실을… ㅋㅋ

중국어에 소질이 있음을 깨닫게 된 건
대만을 처음 방문했던 20대 중반이었다죠~

자! 자랑 한 번 갈게요~! ^^;

기본적인 인사말 만을 외워서 갔는데
첫날부터 현지인으로 오해 받을 정도로,
저의 중국어 성조 발음이 완벽에 가까웠다는 사실~! ㅎㅎ

현지에 계신 분이 대학 입학을 적극 추천해 주실 정도였어요.
그러니 더더욱 신이 나서 중국어 배우기에 열심을 낼 수밖에…
음하하하~

하지만…

임신과 출산의 반복으로 점점 더 멀어지는 중국어 공부…
어흐흐흑…

엄마들이 아이 키우느라 꿈을 접는다는 것이 무언인지
그때 또 한 번 알게 되었죠…

그래도 저는 중국어 공부!
그리고 남편은 영어 공부!
다시 도전할 거예요~! ^^

아이들 때문에 꾸준히 할 수는 없지만,
포기는 하지 밀아아죠~!
좋아하는 거니까요~! ^^

꿈을 가진 엄마 아빠, 모두들 파이팅!!

내가 막내다

막내로 살아온 지난 3년의 인생… 얼마나 사랑 받았던가!

7형제 중에서도 제일 막내였던 혀니!
애교도 많아 모두의 사랑을 독차지했던 지난 3년이었다!

한데, 이게 웬 날벼락!!

동생을 맞이하게 되다니… 그것도 여자 동생을!

처음엔 동생의 존재를 그저 신기하게만 생각했던 혀니…

그리고, 동생 때문에
더 많이 안아 주지 못 해서 짠~ 해진 엄마…

혼자 노는 뒷모습만 봐도 짠~ 했었지…

그랬던 날들이 하루하루 지나고
이젠 어느덧 오빠 노릇을 톡톡히 하고 있는 허니!

외출할 때도…

꼬옥~ 랄라 물건 확인하는 허니…

너무 참견하셔서 귀찮을 때도… ㅋㅋ

우월감도 상당해진 허니!

이래저래 오빠라는 훈장이 마음에 드는 모양이다.

동생한테 생색도 어찌나 내시는지…

척

이거 너 줄게!
척
왜 형들 물건을…?
다 가져!
오빠가 물려주는 거다~!

자기 밥그릇(?)도 알아서 잘 챙긴다… ㅋㅋㅋ

어느날 같이 버스를 탔는데

예뻐하면서…

밖에선 종종 엉뚱한 말을 하기도 하는 혀니… ^^;;
너 왜 그래~ 사춘기야?

이젠 뭐든지 혼자서 하려고 노력하고
정말 오빠 된 티가 팍팍 나는 혀니! ^^

세 돌 돼야 사람된다는 어른들 말씀이
혀니한테도 꼭 맞는 말 같다~! ^^

그래도 아직은 엄마를 차지하고 싶은 마음이 있는 듯…

나도 해 줘~
마사지~

나도 할래~
그래 그래~

그렇게 랄라와 함께 나누고 같이 어울리면서
자연스레 동생이 나쁘지 않다는 걸 느끼게 된 듯하다~!

아기같기만 했던 셋째가 벌써 세 돌 ― 5살이라니…!
큰애가 8살 된 것보다, 셋째가 5살 된 게 더 신기하다는~!!
허허~ ^^

첫째는 두 살 때 형이 됐고,
둘째는 세 살 때 형이 됐고,
셋째는 네 살 때 오빠가 되었어요.

그러니 셋째는 세 녀석 중에서 제일 오랫동안 막내 노릇을 한 셈인데…
그래도 셋째가 혼자 노는 뒷모습을 보면 짠~한 마음이 드네요…

둘째 낳으신 분들은 첫째 보며 괜시리 미안하고 짠해지는 기분
이해하실 거예요… ^^

이제 막 첫째 낳으신 분들은
찬밥(?)신세가 된 남편들 생각해 보시면 이해되실 거구요~ 하하

아이들이 세 돌은 되어야 사람이 된다는 옛 어른들 말씀!
올 11월이 되면 혀니도 드디어 세 돌을 꽉 채우게 되는데…
우리 혀니도 온전한 사람이 될 수 있겠죠?

동생 간식 많이 뺏어먹기는 하지만
그래도 잘 놀아 주는 멋진 오빠, 혀니야!

고마웡~~~~~!! ^^

그래도 아빠표가 최고야!

아이들의 장난감…

아주 어린 아기도 갖고 놀 수 있는 장난감들이 많이 있다.

멜로디 소리가 나는 것을 시작으로
시각, 청각, 촉각을 자극하며 놀 수 있는 다양한 장난감~!

아이들이 커 갈수록 장난감의 수요도 커지고
장난감의 디자인과 기능도 디테일해진다.

남자애들은 주로 공, 자동차, 기차를 시작으로
변신 로봇, 총 칼 등으로 확대되는 것 같고…

여자애들은 아직 잘은 모르겠으나… ^^;;;

예쁜 인형들과, 소꿉놀이, 공주 놀이 장난감인 것 같다~

여하튼! 이런 어마어마한 장난감들!
이들을 가장 사랑하는 사람은 누구일까?

아이들일까?

아니다~! 단언컨대! **엄마 아빠다!**

금세 질리는 아이들…

엄마 아빠는 몇 년이 지나도 질리지 않는데!

없어지면 기필코 찾아내고야 마는 엄마 아빠!

장난감을 함부로 대하는 걸 견딜 수 없는 엄마 아빠~!

하지만 아이들은 아무리 말해도 장난감을 너무 쉽게 생각한다.

게다가 새로운 장난감들은 계속 쏟아져 나오니…

게다가 새로운 장난감들은 계속 쏟아져 나오니…

우리 삼 형제는
특히 〈이 녀석들과 친구들〉을 감당하기 어려웠다는… ^^;;

엄마 아빠도 어린 시절이 있었기에
아이들의 마음은 충분히 이해할 수 있다~!

용돈만 생기면 인형 쓰는데 다 써 버리고
엄마한테 들켜서 엄청 혼났던 기억이…
콩
랄라도 좀 더 크면
인형 사 달라고 조르겠지?
120,000원
흠~ 그렇다면
미리 몇 개
사 놓을까?
덥석

덥석

랄라가
고르게 하자~
하핫!
딱 걸림…

돌이켜 보면, 삼 형제를 핑계로 아빠의 야심을 채운 장난감들이
집에 많이 있는 것 같다.
딸을 낳아 보니 그 마음을 알 것 같다는~ㅋㅋ

하지만 너무 많은 장난감들은
오히려 아이의 창의력을 방해할 수 있다고 한다.

그래서 몇 가지만 빼고 모두 정리해서 창고에 넣어버렸다~!

그러자 아이들은 스스로 장난감을 만들며
이전보다 훨씬 더 창의적으로 놀기 시작했는데…!

장난감을 너무 좋아하는 아빠 때문에…

요즘 또다시 창의력이(?) 흔들리고 있다는~ ㅋㅋㅋ

세상에 하나뿐인 특별한 장난감을 만들어 주고 싶었던 아빠!

나무를 깎고 다듬고 색칠해서 만든 나무 인형들!

감동도 받고
엄청 좋아라 했던 아이들~! ^^

하지만 역시…

며칠 뿐이더라는~ ㅋㅋㅋ

역시 장난감을 좋아하고 소중히 생각하는 것은
엄마 아빠가 맞는 듯! ㅋㅋ

눈물 그렁그렁한 눈빛에 속고
부탁하는 공손한 목소리에 속아…
결국 지갑을 열게 만드는 장난감.

길어야 일주일…
대부분 하루 이틀이면 매력이 떨어지는 바로 그 장난감.

그때 그 순간 참았어야 했는데…라고 후회해도
이미 늦은 뒤죠. ㅠㅠ
특히 시리즈로 나오는 장난감은 더더욱 사 주어선 안 되거늘…

그런 부모 마음과 달리
어디를 가나 아이들 눈높이에 맞춰져 있는 장난감 코너.

엄마 눈에는 별 기능도 없는데
가격이 너무 못된(?) 장난감…

'장난감 사업에 종사하시는 분들도 번창하셔야겠지…' 싶다가도
'아이들 상대로 너무 심하다…' 싶은 생각도 들고…

장난감 하나를 사기까지
엄마는 참 많은 생각을 하게 된답니다.
저 꼬맹이들은 이런 엄마 마음, 모르겠죠? ─ㅋ

도깨비 전화기

잘 사용하지 않는 집 전화! 벨이 울릴 일도 거의 없는데…

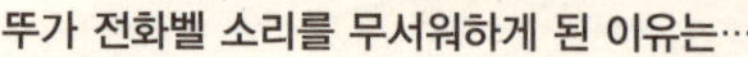

뚜가 전화벨 소리를 무서워하게 된 이유는…

바로, 얼마 전 알게 된 '도깨비놈 전화' 때문이다.

말 안 듣는 아이에게 전화를 걸어 혼낸다는 '도깨비놈 전화'!

평소에는 형아가 집 전화 담당인데 하필 오늘은 형이 없다!

도깨비보다 무서운 엄마의 저음 목소리!
더 거부했다가는 좋을 게 없음을 감지한 뚜!

끊기지도 않는 전화 벨!
천천히 다가간 뚜!

수화기를 집어 들었는데…

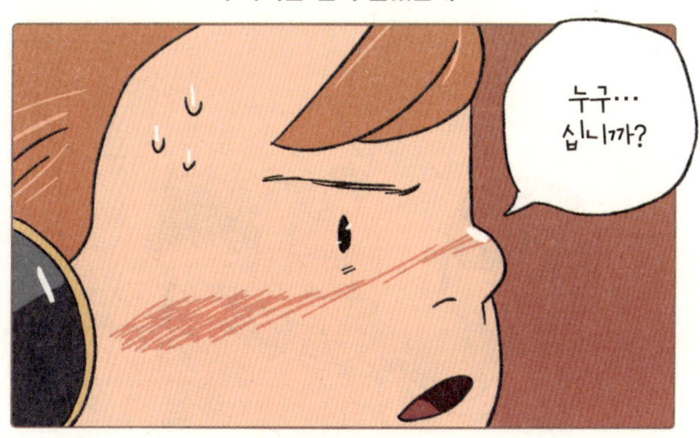

아무 말이 없다!

전화 수화기가 낯선 뚜…

잘못 들고 어쩔 줄 몰라 했다는~ ^^;;

션에게 심부름을 시키면

조용한 가운데 미션 성공!

뚜에게 심부름을 시키면

잠시 후 들리는…

뚜의 쩌렁쩌렁한 목소리~ ^^

마친 후에도 뿌듯함에 목소리가 쩌렁쩌렁~한 뚜!

아침에 등원했다가
어린이집 인터뷰 촬영을 나온 아저씨를 만난 뚜.

재밌는 녀석, 뚜… ^^

지혜가
뭔데?
응~
지혜란…
어려운
지
혜

어쩌구 저쩌구~
#^$%지혜~#^#^&
%^%혜지~#@$*^
&*^힘내라#*^

이해력도 남다른 뚜!

표현력도 남다른 뚜~! ^^

에피소드를 찾기 위해 자꾸 아이들을 관찰하게 된 우리 부부.

그러다 하나 건지기라도 하면…

어찌나 고마운지~ ^^;;

너희들~! 더욱 사랑해 주마! ㅋㅋㅋ

옆집 언니가 그러시더군요.
초등학교 저학년까지는 아직 귀여운 때라고…

맞습니다~
여덟 살 션도, 일곱 살 뚜도 제법 크긴 했지만
아직 귀여운 구석이 있으니까요…

이렇게 귀여운 네 명의 아이들과 함께 살다 보니
아이들의 귀여운 짓(?) 덕분에 웃을 일이 많이 생긴답니다~
어이없어서 헛웃음이 나오는 것까지 포함하면 더더욱 많이 웃게 되지요…
^^

어른이 되고 하루에 몇 번이나 웃으시나요?
누군가에게 에너지를 주는 사람은
눈이 마주쳤을 때 미소를 짓는 사람이라고 해요.
긍정적인 에너지를 웃음으로 전해줄 수 있는 거죠~

'방긋!' 하고 웃으면 '배시시~' 웃어 보이는 귀여운 아이들…
어른들의 생활 에너지임이 분명합니다~! ^^

61화

듬직한 큰아들

멱살 몇 번 잡히고… 머리카락 몇 번 뜯기고…
할큄 몇 번 당하더니 랄라 손이 무섭다고 하는 션!

한 녀석이라도 알아주니 고맙다~! ^^

랄라가 아직 어려서 연재도 생활도 아직 정신없는 가운데…

큰 애들 준비물 챙겨 주는 것도 쉽지 않은 일이다.

챙긴다고 챙겨도 빼먹기 일쑤~!
그래도 엄마 아빠를 많이 이해해 주는 션… 고맙다! ㅜ.ㅜ

그러던 어느 날…

미안해서 마트 장 보러 가자마자 필통부터 사 주었다.
그래도 마음 상해 하지 않은 션… 진짜 고맙다! ㅜ.ㅜ

늘 엄마 아빠 대화가 궁금한 션~!

자는 척하면서 엄마 아빠 이야기를 엿듣고 있을 때가 많다.

그리곤 아는 척을 어찌나 하신는지~ ^^

엄마 아빠의 모든(?) 것을 다 알고 있다는 게 기분 좋은 션…ㅋㅋ

그래서 우리집에선…

어렸을 때 산책을 나가도, 엄마 대신 척척 대답하곤 했던 션.

평소 엄마가 하던 말 그대로… ㅋㅋ

얼마 전엔 실내 놀이터에 삼 형제 들여보내고
점심 식사를 포장하러 갔다 왔더니…

엄마! 1이랑 2가 놀고 있는데, 3이 와서 자꾸 끼어드는 거야~
그래서 1이랑 2가 3한테 뭐라고 했게?
어?

한 번 맞혀 봐~!
음~ 글쎄~ 3한테?

요즘은 너무 정신이 없어서
션이 기대하고 있는 만큼의 반응이 안 나올 때가 있는데…

다행히 적절한 반응을 해주는 동생들이 있기에…! ㅋㅋ
고맙다!

여전히 키 빨(?)로 나이를 뻥튀기 하고 다니는 션… ㅋㅋㅋ
빨리 어른이 되고 싶다고… ^^;;

그래~ 빨리 커라, 큰아들!
그래서 아빠 펜터치도 좀 해 주고~ 색칠도 좀 해 다오~
그럼, 더 더 더 고맙쥐~~ ㅋㅋ

큰아들.
한 살 한 살 자라면서 어른들의 세계가 궁금한가 봅니다.
가장 가까이에 있는 어른들을 살피기 시작했습니다.
바로 엄마, 아빠죠!

동생들과 놀고 있나 보다~ 싶었는데
엄마 아빠 대화에 귀를 쫑긋 세우고 있는 션!

일부러 애들이 못 알아듣는 말로 암호화시켜
이야기하기도 하는데…
그것마저도 "엄마, 그게 무슨 뜻이야?"라고 묻는 큰아들… -_-;

낮말도 애들이 듣고 밤말도 애들이 들으니…
부모님들~ 오늘도 언행 조심요!! ㅋㅋ

나도 먹고 싶어요!

랄라야~ 한번 입어 보자~!

랄…라…야…

랄라는 지금, 꽉~ 끼는(?) 5개월!

아… 부담스럽다~!

빤히~

휙

휙

랄라는 요즘 먹는 것에 지대한 관심을 보이고 있다!

드디어… 이유식 시작할 때가 다가온 것인가!!
(왜 벌써… 힘들지? ㅠ..ㅠ)

이유식: 생후 4~6개월 무렵 먹이는 음식을 말하는데 젖 이외의 재료를 이용해 부드럽게 만드는 게 핵심이다. 아주 묽게 만들어 먹이기 시작해서 차차 물기를 조절해가며 진득한 죽으로 만든다.

첫애 때, 처음 이유식을 만들기 시작하며
설렘과 기쁜 마음으로 이유식 조리 도구들을
구입해서 즐겁게 만들었었다.

좋은 식자재들로 정성껏 만든 이유식!

하지만

몰랐었다! 애가 안 먹을 수도 있다는 사실을! ㅠ..ㅠ

둘째 때…

이유식 마스터기!!

그러나…

설거지도 힘들고~ 애가 먹다 남기는 것도 여전히 많고~
쉽지 않은 이유식!

이유식과 함께 본격적인 음식 섭취 기간이 시작되면서

뭐든지 너무 빨리 먹기 시작하게 되는 둘째…

셋째는… 더더욱 빨라짐~!

달콤한 것을 빨리 접하게 되어서인지
싱거운 이유식을 먹이기가 더욱 힘들어졌던 셋째.

그리고, 이제 내 인생 마지막 이유식을 먹일… 넷째…

요즘따라 높은 음으로 소리를 지르는 랄라~

마치, 여자인 내게 이 정도 고음은 아무 것도 아니라는 듯
소리를 질러 대는 랄라~

다~ 좋은데…

뽀뽀…

…
흐음~

컥!
우악!
왜?

랄라 목
냄새 맡아 봐, 형아...
킁킁...

컥!
우악!!

나지?
나지?

엄마!
랄라 목에서 이상한
냄새가 나...
ㅋㅋ 꼼꼼한 냄새?
이것도 볼래?

살이 접히는 곳마다 먼지와 냄새가 한가득 나는 아가들~
살이 통통할수록 더 많이 끼는 것 같다… ㅋㅋ

이유식 시작 전에 아가들 방귀 냄새는, 손 냄새보다 훨씬 낫다~
정말 구수~ 하다는…ㅎㅎㅎ 요맘땐 응가 냄새도 요플레 냄새~
이유식 시작하면 드디어 본격적인 응가 냄새가 나겠지~ ^^;;;

이유식…
4개월 때 시작하는 엄마들도 있지만
저는 늘 6개월까지 꽉 채우고,
더 피할 수 없을 그때에 시작하곤 했죠~ ㅋㅋ

보통 정성이 아니면 이유식 해 먹이기 힘든 것 같아요.
뭐니 뭐니 해도 첫애 때 정성을 따라가기가 제일 힘들죠!

냄비, 도마, 그릇부터 아이용으로 싸~악 새로 구입하여
정성스레 국물 내고 으깨고 손수 만들었던 이유식!

아… 제게도 그런 시절이 있었다는 게 새삼스럽네요~ ㅠ..ㅠ

이유식 만들기!
귀찮고 힘든 일임은 분명하지만…
작은 입술을 오물오물 거리며 받아먹는 아가를 보면
"안 먹어도 배부르다~!"라는 말이 뭔지 알 수 있는 것 같아요! ^^

언제 이렇게 컸지?

설 선물을 사러 마트에 갔다.

삼 형제는 오자마자 장난감 코너로~ 쑝쑝!

아빠~ 나 이거 갖고 싶다~! 사 주세요~!
오늘은 구경만 하기로 했잖아~
그래도 갖고 싶은데…
나 이거 많이 좋아하는데…
에이~ 구경만 하기로 했잖아~!
슬쩍

이 녀석들…

작년까지만 해도 세뱃돈이고 뭐고 돈 개념이 별로 없었는데…
언제 이렇게 컸냐?

흠흠! 지, 진짜야! 다…는 아닐 수도 있겠지만… ^^;;;

며칠 후면 설 명절!
7형제 모두 한 살씩 더 자랐구나~!

7형제는 어렸을 때부터
잘 놀아 주는 이모부(아빠)를 제일 좋아했다~!
이모부가 그림만 그려 줘도 좋아했었지~!

자아~!

우리 숫자 놀이 하자!
먼저 마음 속으로
숫자를 하나…

아니 아니!
이모부! 그거 말고~ 내가
재밌는 거 알아 냈는데…
!!
어? 뭔데…?

이러쿵 저러쿵
이렇게 저렇게 하는 거야~
재밌겠지?

오~ 그래!
그럼 한번 해 볼까?

아, 싫어~
딴 거 하자! 이모부!
보물찾기 어때?

어?
보물찾기?

아니야!
나가서 축구하자!

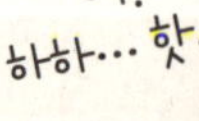

아니야~
칼싸움 할거야~

난 숨바꼭질
하고 싶은데...

어?
하하··· 핫···

그런데 이젠 좀 컸다고, 각자 자기 의견을 내놓는구나~

결국 아이들이 원하는 놀이를 하나하나 다 했다는 사실! ㅋㅋㅋ

앉아서 하는 놀이 하려고 했는데… 작전 실패한 이모부! ㅋㅋ

얼마 전, 또 뭉친 7형제…

어른들의 티타임을 위해 밥 먹인 후, 만화영화를 틀어 줬다.

아팠던 형부는
현재 회복 중… ^^;;

얘들아~

이제 집에 갈 시간이야~
그만 보자~

는… **착각이었다!**

나이 합치면 50이 넘는 녀석들이 한목소리로…!

내가 압도당하다니…!

중2가 된다면...?

너희들 의견 존중해 주는 부모가 되도록 노력할게~
중2가 되어도… ㅠ.ㅠ 우리 끝까지 소통하자~~~~!!

왁자지껄 설날이 벌써 기대(?)가 된다는~ ^^;;;

랄라와 함께 하는 첫 설날~!
지난 10년의 설과는 사뭇 다르지 않을까? 하는 기대감도! ^^

모두 새해 복 많이 받으시고~
즐거운 설 명절 보내셔요~~~~!
^^

새해…
떡국 한 그릇 먹으면 한 살 된다는 어른들 말씀에
"두 그릇 먹었으니 두 살 많아진 거죠?" 하며 신이 난 아이들의 모습은
예나 지금이나 다름없죠? ^^

칠드론! 칠 형제도 떡국 한 그릇씩 먹고
한 살씩 먹었습니다~ ^^

이 개구쟁이 녀석들이 이렇게 한 살씩 먹어서
나중에 중2가 된다면 어떤 모습일까 생각해 봅니다.
왜인지… 걱정이 앞서지만요… ㅎㅎ

자녀를 다 키우신 지인 분이 이런 말씀을 하시더라구요.

"아이들에게 꼭 사춘기가 오는 건 아니야."

평소 아이들이 하는 말을 귀담아 들어 주고,
관심 있게 대답해 주고…
잘못했을 때는 혼을 내되, 혼나는 이유를 분명히 설명해 주면서
그렇게 부모와 아이가 좋은 관계로 지내다 보면
사춘기 없이 그 시간을 잘 보낼 수 있다고 말이에요.

아~ 그 말씀이 얼마나 위로가 되던지…!

"애들아~ 우리, 부디… 잘 보내자!!" ^___^

우리는 가족이다!

션, 뚜, 허니, 쭌! 설 명절에 뭉친 4총사!

왼손을
위로 하고…

그렇지~!

철푸덕
그래
그래~

여러분들은 지금 〈유아기 전용 세배 포즈〉를 보고 계십니다~

션, 뚜! 니들도 어릴 땐 저렇게 했었단다~

랄라가 태어나기 전까지 막내였던 혀니는
사촌 동생 쭌을 좋아한다.

형 노릇을 할 수 있는 기회가 생겨서 그런 듯…

여동생을 본 혀니는 자신을 '오빠'라고 칭하고

4살이 된 쭌은 순순히 오빠(?)를 따라 잘 어울려 놀았다~ ^^

명절 동안 함께 한 시간을 마칠 때가 되면…

사촌 지간의 애틋함은 더 진해지는 듯~ ^^

설날 아침

눈 뜨자마자 세배 타령을 하는 뚜!

이토록 노골적이고 짧은 대답! ㅠ..ㅠ
이제 정말 돈의 맛을 알게 된 모양이다~ ㅋㅋ

아들 손주들이 쪼르르 태어나자…

언젠가부터 명절에
똑같은 옷을 입히는 재미에 빠지신 외할머니…

셋 정도 태어났을 때만 해도

고급진(?) 긴팔 옷…

다섯이 됐을 땐 반팔 티로 바뀜…

7형제가 되자…

8명이 된 요즘은,
각 집 대표로, 첫째들만 챙기는 전략으로 바꾸심~ ㅋㅋ

"깨끗이 입고 동생들 물려 주거라~"라는 말씀과 함께~ ^^

명절 때마다 손자들 뛰노는 모습 바라보며 흐뭇해하시는
할머니, 할아버지…

오래오래 건강하셔서
손주들 크는 모습 보시며 행복하셨으면…! ^^

지난 추석 패션~!

얼마 전 친척 결혼식장 패션~

누가 형제 아니랄까봐 늘 비슷하게 입는 두 사람!

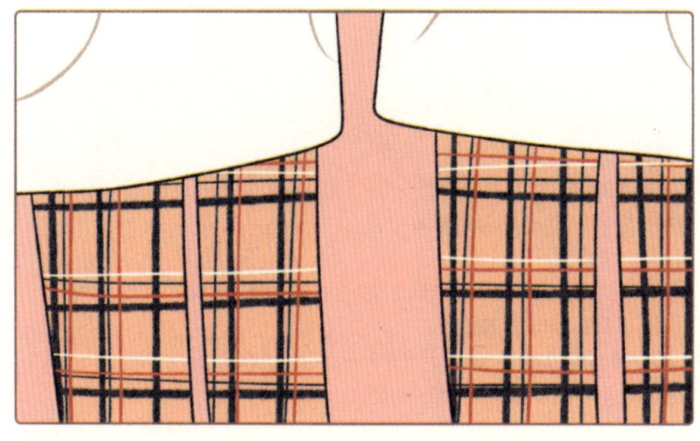

역시 가족은 가족이다~! ^^

사실 저는,
설날 명절을 한참이나 앞두고
진즉에 랄라 한복을 구입해 두었어요.

아우~! 감탄사가 나오는 너무나 깜찍한 여자 아이 한복!
고르면서도 내내 즐거웠었죠!
'설날에 이걸 입히면 얼마나 예쁠까?' 상상하면서
엄마는 무척 설레였다는 거는 말할 수도 없구요. ㅎㅎ

설날 아침!
한복 입은 아가 랄라는 어른들 마음을 녹여버렸어요.
음하하하~ ^^

착하고 다정한 형님 부부와 함께
설날 밤, 아이들을 모두 재우고
몰래 영화보고 오기도 성공했던…
추억의 설날이었답니다~

명절에서 일상으로

한참을 뛰어놀던 7형제…

둘째 주호가 옷을 벗자

다른 동생들이 모두 따라서 옷을 벗었는데…

첫째 주영이만 방에서 옷을 벗고 나왔다.

쑥스러움을 좀 타는 11살 주영이~ ^^

곧, 자칭 힘이 제일 세다는 뚜와 큰형 주영의
팔씨름 한판이 시작되었고…

그렇게 뚜는 전설의 주먹(?)이 되었다! ㅋㅋ

큰형의 위신을 세워 주려고 한 이모부의 제안에

주영이는 망설임 없이 5살 혀니를 선택했다~! ㅋㅋ
주영아… 큰형으로서 동생들과 놀아 준 거라고 생각할게~ ^^

설에 목돈(?)을 만져본 이후로 돈에 대한 인식이 분명해진 뚜!
내가 쥐고 있어야, 진짜 내 돈이라는 것을 깨닫게 된 듯
집요하게 현찰을 요구했는데… ^^;

진짜 진짜
안 잃어버릴게!
지갑에 꼭꼭 넣고
있을게~ 응?
뚜 지갑
어딨는데?
…?
지갑도
잃어버려 놓고…

괜스레 온종일 징징거렸다는··· ㅋ

끝으로 친정에 다녀 오면서 명절은 끝이 나고

친정 엄마가 싸 주신 물건들을 하나하나 정리하다가···

홍삼이네~

카~~
역시 사위 사랑은
장모님이구나!
쩝 쩝
네~
여보세요?

이상하게 친정만 가면 더 많이(?) 들고 오게 된다는 사실… ^^;;

흠…
명절 음식이
많이 남았네~!

빨리
해치워야겠다!

얘들아!

버리지 마세요~ ^^

맛있게 비벼서 다 함께 먹으면~

뚝딱! 해결된답니다~ ^^

명절 후 마감…

지긋지긋한(?) 명절 증후군!

생활의 활력소로 한방에 날려 버립시다~! ^^

힘내서 다시 일상으로~! ^^ 파이팅!!

명절 때 마감을 하는 건…
정말 상상도 할 수 없을 만큼 힘이 많이 들어요.
아이들이 태어나고 나서는
명절에 일하는 게 더더욱 벅찬 일임을
명절을 한 번씩 보낼 때마다 다시 한 번 느끼곤 한답니다. ㅠㅠ

나름 명절 음식 준비한다고 몇 시간 빼먹고…
손님맞이 대청소까지 하느라 또 몇 시간 빼먹고…
복작복작 모인 가족들과 인사하랴
함께 있는 것만으로도 즐거운 아이들과
한바탕 어울려 놀아주기도 해야 하고…

그러고 나서 하는 마감이란… 정말…
상상만 해도 힘이 드시죠? ^^;

명절이 다가오기 전에 미리 마감해 두려고 노력하지만
일을 한 번 당겨서 끝낸다는 것이 얼마나 어려운 일인지 몰라요.
하루하루 감당할 일들을 끝내기에도 벅찬 감이 있으니
다음 일까지 미리 당겨서 한다는 건 너무 어려워요. ㅠㅠ

그래서, 휴재하는 다른 작가들은 없으신가~ 슬쩍 살피기도 하고
이번 명절은 쉬자고, 남편을 꼬셔보기도 합니다…ㅎㅎ

그냥 쉬면 되지 않겠냐구요?
그러게 말이에요~
다음엔 정말 미리 마감을 해 두던가!
과감하게 한 회 휴재하던가!
둘 중 하나를 택하겠습니당~
그러면 단행본에 이런 푸념 적을 일도 사라지겠죠? ㅎㅎㅎ

새 출발을 응원할게~

애 낳고 매번 몽땅 빠지는 머리카락…

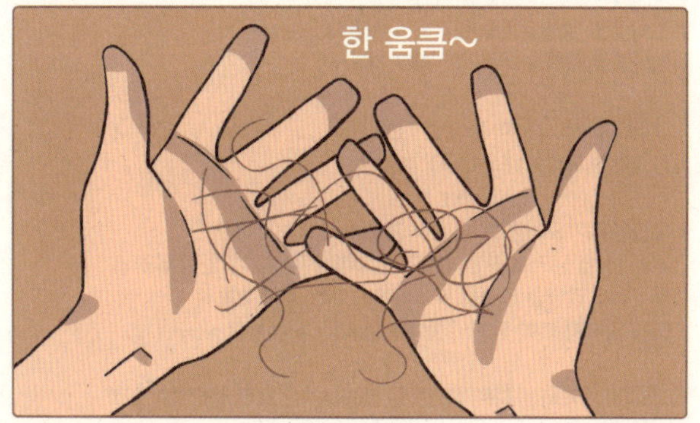

그나마 머리숱이 많아서 다행이지…

엄마…
응?

육아가 이렇게 힘들다고 왜 말 안 했어?
말 했었잖아~ 자식 낳아 봐야 안다고…

아니, 그러니까…
이렇게 제대로 잠도 못 자고 체력도 너무 딸리고 매일 피곤하고 밥도 잘 못 챙겨 먹고
내 시간은 하나도 없고 눈물 날 정도로 이렇게나 엄청나게 힘들다고 왜 말 안 해줬냐구~!

하긴~ 백 번, 천 번을 들었어도 그땐 몰랐겠지~
그냥 정말… 자식을 낳아서 키워 봐야, 얼마나 힘든 일인지
제대로 알 수 있는 것 같다~!
(머리카락이 다 빠질 정도로 힘든 일… ㅠ..ㅠ)

유치원 졸업식 그게 뭐라고 왜들 우시나 했는데…

작은 생명 하나가 태어나 8살이 되기까지 있었던 많고 많은 일들…

가슴 철렁한 순간들은 또 얼마나 많았던가!

한 걸음 뗐을 때… 뛰기 시작했을 때…
보상이라도 해 주듯 엄마 아빠를 행복하게 해 줬던 순간들은
또 얼마나 많았던가!

그 모든 순간들이 한꺼번에 떠올라
이렇게 뭉클해지는 거였다…

이 험한 세상에 한 발자국 내딛게 되는—
아직은 부모 눈에 어리기만 한 우리의 아이들에게…

잘 해낼 거라는 믿음으로 박수를 보낸다!

그러나…

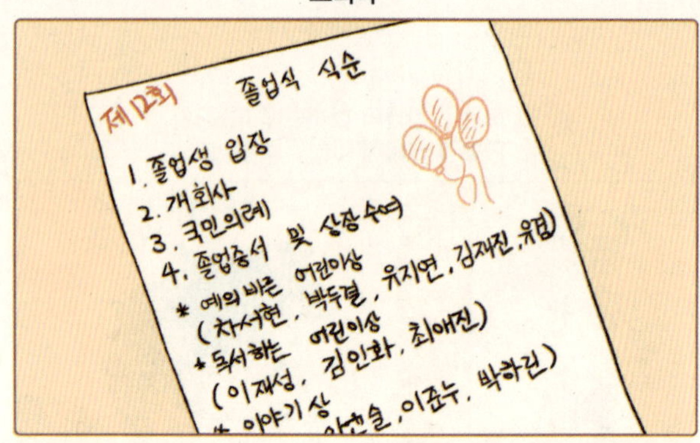

졸업식 순서를 온전히 기다리기엔 너무 어린 동생들… ㅠ..ㅠ

졸업식이고 뭐고 꽃다발 속 초콜릿에만 온 신경이 집중된 동생…

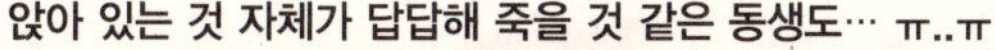

앉아 있는 것 자체가 답답해 죽을 것 같은 동생도… ㅠ..ㅠ

그래도 고맙다고 해야 하나?
동생들! 니들 덕에 졸업식에 온전히 몰입할 수 없어서 다행이었다.

안 그랬음 정말 눈물 펑펑 쏟았을지도 몰라~ ㅋㅋ

선생님! 감사합니다!!

놀이터가 있는 식당! 엄청나게 시끄럽고 정신 없지만…
아이들 데리고 마음만은 편하게 식사할 수 있으니 좋다!

이곳은 아이 없는 손님들의 공간을 따로 떨어뜨려 두어서
서로가 불편하지 않은 시스템이다! 굿~ ^^

패밀리
사이즈
3

8살은 못 들어간대…
아…!
너도 방방 놀고 싶지?
흠… 그냥 조금…
이젠 졸업도 했고 더 이상 어린아이가 아니라서 못하는 게 생긴 거야~!

폭풍 흡입…

어?
션 어디 갔어?

후다닥

안쪽에 큰 애들용
방방이 있었어!

그러게~

짝짝짝짝짝!
졸업을 축하합니다~!
새 출발을 응원할게요~!
힘 내세요! 파이팅!!
ㅅㅅ

졸업식…
우리 집 큰아들 션이 2년 동안 다닌 정든 어린이집을 졸업했어요.
졸업식 가운을 입고 아이들이 등장하는 모습을 보자마자
마음속에서 뭔가 울컥하더라구요…

아직도 태어나던 순간이 선명히 기억나는데…
처음 젖을 물리며, 엄마가 된 경이로움에 세상이 달라보이던 그때가… 말이죠.
그런데 아이들은 이렇게 커 가네요…

유치원 졸업식이라는 인생의 첫 마침표를 찍고
새 시작을 하는 우리 모든 아이들에게
박수를 쳐 주고 싶어요.

"얘들아~ 새로운 출발을 축복해!
너희들은 존재만으로 빛나는 아이들이란다.
누구와도 비교하지 말고
세상 속에서 너만의 기쁨과 행복을 찾아가길 응원할게…!"

67화

누구한테 배웠니?

Okay!

NO!!

서서히 차오르다가 어느 순간 컵의 물이 넘치듯이

성장이라는 것도 비슷한 양상을 보이는 것 같다.

이유식을 먹기 시작하면서 갑자기 낯가림도 시작!

컵에 물이 넘치듯 눈에 띄는 변화를 보이는 랄라 양~!
최근 부쩍 성장한 느낌을 주고 있다.
외할머니도 오랜만에 봤다고… 가차없이 낯가림~

꽉찬 4개월 때 선보였던 고개 돌리기!
지금은 두 배 이상의 속도로 업그레이드 되었다!

위아래 보기도, "45도 각도로 위아래 보기!"
"90도 각도로 위아래 보기!" 등으로 세밀화 됨!

목에 살이 접혀 진물 나던 시절은
이제 개구리 올챙이 적 이야기가 되었다!
훗~ ^^

물병 잡기? 식은 죽 먹기다!

상체 들기? 훗~ 껌이지!

뒤집기? 훗~ 내 친구들도 다 하는 거…

이제 마음만 먹으면 한방에 뒤집을 수 있을 것 같다!

느낌 적인 느낌이 있는 랄라 양…

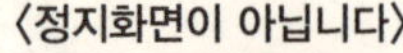
〈정지화면이 아닙니다〉

하지만 아직 뒤집기만은 이루지 못하고 있다… ^^;;

하루 한 번 이유식을 먹고 있는 랄라 양~!
"입에 들어가는 것 반~ "   "나오는 것 반~"

"나오는 것 반~"을 본 순간!

잊고 있던 지난 기억이… 뇌리를 스쳐갔다!

식탁 아래 쌓이는 음식물들로 바닥이며 가구들이 끈적~ 끈적~

한 끼만 먹여도
애 옷과 엄마 옷 여기 저기에 음식물이 달라붙음~!

옷이 더러워졌는지도 모르고 그대로 외출했다가
당황스러워지는 순간이 종종 생기기도… ㅋㅋ
^^…
"""

랄라의 급성장과 마찬가지로 세 돌 지난 혀니도
부쩍 급성장을 보이는 분야가 있다.

옴마! 형이 장난감 안 줘~!
누구 장난감인데?
형꺼!

그럼, 형한테 빌려 달라고 부탁해 보고~ 안 되면 형아 다 놀고 난 후에 놀아야지~

형! 엄마가 장난감 나 주래! 안 주면 형 엄청 혼난대!
부쩍
뻥이 급성장…

엄마! 혀니 말 진짜야?
아니야~ 안 그랬어~ 근데 동생 좀 빌려주면서 사이좋게 놀면 좋겠어~ 엄만~!

혀니 너! 엄마가 손 들고 있으래~ 안 그러면 엉덩이 맞는대!
누구한테 배웠는지 알겠군…

남편의 요리실력도 최근 급성장을 보이고 있다! ㅋㅋ 좋다!

〈잠시 후…〉

없는데?
애들이 다 먹었어~

에이~ 교육상
엄마 것부터 덜어 놓고
애들을 줬어야지~!

남편의 요리 실력 성장으로 인해
내 다이어트는 점점 멀어지고 있다는…
(ㅠ..ㅠ 이건 싫다…)

폭풍 성장하는 아이들…

남의 아이들 크는 건 한눈에 보인다고들 하죠?
근데 사실, 우리 아이들 크는 모습도 한눈에 너무 잘 보여요. ㅎㅎ

작년보다 훨씬 길쭉해진 팔과 다리를 보며
'언제 이렇게 컸지? 엄마 아빠는 그대로인데….'라는 생각을 합니다.
엄마 아빠는 조금씩 늙어 가고 있는 것이겠지만~ ^^;

이렇게 쑥쑥 자라서,
어른이 된 어느 날, 시집도 가고 장가도 간다 하겠지…
결혼하고 또 어느 날 새 생명의 기쁜 소식을 전하겠지…
그렇게 손주가 태어나겠구나…
백발이 된 엄마 아빠는 손주를 안고 환하게 웃겠구나…
손주는 또 얼마나 예쁠까…?
손주가 커 가는 모습도 보고 싶다… 오래오래 보고 싶다…

이 생각의 결말은 늘 '건강해야겠다~!'로 끝이 납니다.
그리고, 지금 우리의 울타리가 되어 주신
우리 부모님께도 더 잘 해드려야겠다는 생각도 하게 되구요. ^^

자라나는 아이들을 보면서,
엄마 아빠의 마음도 자라나고 있습니다. ^^

너희 어렸을 적에…

어느 날 밤, 엄마와 랄라의 텐트를 방문한 혀니…

여기서 자면 많이 좁을 텐데? 나중에 같이 자자~
싫어~ 오늘 옴마랑 잘래~

하아~

알았어~ 엄마 옆으로 와~!
와아~

엄마들은 알 것이다…!

한밤중… 평화가 깨지는 그 축축한 느낌을!

그렇다면?!

역시… 깨어 있던 범인!

끝까지 오리발 내미는 범인!

그래도 뒤처리 스스로 하는 거 보니… 대견하다! ㅋㅋ

대충 젖은 옷 갈아입고, 이불은 둘둘 말아 치워 두고…

자다 깨면, 정말 모든 게 다 귀찮지만… 다시 잠자리 정비 완료!

새벽엔 피곤해서 잘 몰랐었는데…

아침에 눈 뜨니 방에서 지린내가 진동… 아니, 땀 냄새가! ㅋㅋ

푸하하~
오줌 쌌대요~
오줌 쌌대요~
놀리키지 마~!
뚜야…
넌 자격이
없을 텐데?
응?
뚜 4살 때…
쉬
이

이틀에 한 번이 멀다하고 이불에 오줌을 쌌던 뚜…

기저귀 채워 재운 날은 희한하게 안 쌌는데,
꼭~ 기저귀 뺀 날은 이불에 지도를 그리곤 했다… ㅠ.ㅠ

말을 하면 할수록 본전도 못 찾는 뚜…

똥 얘기만 나오면 신이 나는 혀니!
그래… 똥… ㅠ..ㅠ 넌 먹었었지…!

혀니 8개월 때.

잠시 후…

안 돼~~!

뭐야?
왜 그래?

뜨··· 아···!

말로만 듣던··· 자기가 싼 똥을 먹은··· ㅠ..ㅠ
미안하다··· 형아들 로션 발라 주는 사이에···

그래··· 어린 애들 여럿을 키우다 보면, 뭐···

오줌도 싸고, 똥도 싸고, 똥을 만질 수도 있고, 똥을 먹···

먹지는 못 하게 하자~!! ㅠ..ㅠ

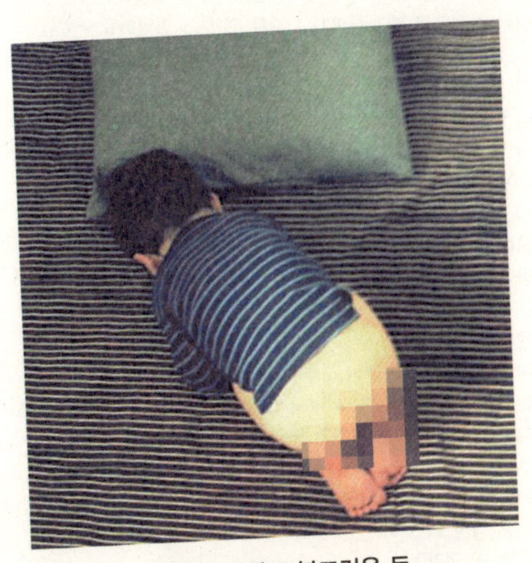

이불에 쉬하고 부끄러운 듯
이 자세로 굳어버린 뚜… ㅋㅋ
괜찮아~ 덕분에 엄마 아빠 추억거리 많아서 좋다!

아이들 키우면서, 빠질 수 없는 일화는
뭐니 뭐니 해도 대소변 에피소드겠죠!
빠른 아이들은 20개월 전부터,
늦은 아이들은 36개월 전후가 되면 보통 대소변을 가릴 수 있게 돼요.

첫애 때는 '과연 우리 애가 기저귀를 잘 뗄 수 있을까?'라는
막연한 걱정으로 28개월까지 시도를 못 하고 있었어요~

그러던 어느 날,
시댁 어르신들 모임에서 또래보다 훨씬 큰 션을 보며
다들 한 말씀씩 하셨죠… ㅠ.ㅠ
"뭐 이렇게 큰 애가 기저귀를 차고 있어?"
"아직 28개월이에요~"라고 변명했지만
다음에도 같은 소리를 듣는 게 싫어서
다음 날 바로 기저귀 떼기를 시도했어요.

그런데 웬걸?
엄마 걱정과는 달리 그냥 하루 만에 떼어버렸답니다! ^^
아이들은 부모의 생각보다 앞서 있을 때가 많은 것 같다는 생각을
다시 한 번 하게 되는 계기가 되었죠.

둘째는 30개월 쯤 기저귀 떼기를 시도했습니다.
형처럼 금방 뗄 것이라는 기대감과 함께…
하지만 또 웬걸?
둘째는 기저귀를 떼고 나서도 일주일에 두세 번씩
꼭 이불에 쉬를 하곤 했답니다~

셋째는 형들 씻기고 뒤치다꺼리 하는 사이에
자기가 싼 응가를 한 입 드시기까지… ㅠㅠ

아이들은 모두 다르다는 진리를 다시 한 번 깨닫는 나날이었어요. ㅎㅎ

아~ 부디 우리 랄라 만큼은
평생 기억에 남을 대소변 에피소드는 만들지 말았으면~ 합니다!

엄마의 꿈

엄마들도 하고 싶은 일이 있다.

아이 키우느라 자신의 꿈을 잠시(?)접어 두고 있는 많은 엄마들…

나 역시도 엄마가 되면서 접어야 했던 일이 있다.

바로바로~ 그림 그리는 일!
시간이 너무 오래 걸려서 포기… ㅠ..ㅠ

우리 누워서
자자~ ^^

여보! 여기 있던
색연필로 그린 그림
못 봤어?
두리뻔
두리뻔

왜 그렇게 생각하지? 남편? ㅋㅋ
막내 키우고, 언젠간 그림 공부 꼭 다시 하리라~!
꿈이 있는(?) 엄마는 늙지 않는다고 하지 않는가~

돈을 아껴야겠다고 생각하는 순간!

배우자의 씀씀이가 눈에 들어오기 시작한다!

또, 돈을 아껴야겠다고 생각하는 순간…

집 안에서 휴식 중인 모든 물건들을
다 팔아버리고 싶은 욕구가 생기기 시작한다!

쓰지도 않으면서, 꼭 판다고 하면 못 팔게 하는 남편… ㅋㅋ

어쨌든, 가정 경제 회복을 위해 씀씀이를 줄이기로 결론~!

그러나 이상하게도 씀씀이 줄이기 운동(?)은…

씀씀이 검열로 이어지기 십상~!

씀씀이 검열은, 변명을 불러일으키게 되고…

변명을 하다보면 말다툼으로 끝날 때가 많다는… ㅋㅋ

…이런 결말을 만들기 위해~!

가정 경제 회복을 위해 씀씀이를 줄이기로 했다면
상대방 검열은 생략하고, 나부터 잘하기를 실천하면 된다~! ^^

딩동
택배요~
택배

아낀다며...
싼 거 샀어~
능 능

딩동
택배요~
택배

아낀다며…
특가 세일
하길래…

아이들 넷이 사는 우리 집.
옷, 책, 그릇, 숟가락까지
어른보다 아이들 물건이 훨씬 많은 것은 당연한 일이죠.

아이들이 커 가면서 필요한 물건도 달라지게 되니
그때그때 새로운 물건들이 생기기 마련~!
집 안에 물건이 넘쳐나게 됩니다.

그래서 가끔씩 1년 동안 안 쓴 물건들을 싹 정리해서
중고로 내다 팔거나 기부하곤 하는데
이상하게 그때마다 남편의 물건들이 1순위로 눈에 들어오네요. 하하.

내가 하면 로맨스, 남이 하면 불륜이라는 말이 딱 맞는 것 같습니다.

내가 사면 꼭 필요한 물건인데, 남편이 산 건 다 쓸데없이 산 것 같고…
그런 이야기를 했더니, 오히려 제 물건들이 더 쓸데없다면서
반박을 하더군요.

이래서, '비판 받지 아니하려거든,
비판하지 말라'라는 말씀이 있나봅니다~ ㅎㅎ

예상치 못한 일

인생엔 늘 예상치 못한 일이 발생한다.

첫째 만삭 때…

생각지도 못한 유도분만…

안 그래도 첫 출산이라 두려움이 한가득인데
유도 분만이라니 더더욱 떨리기 시작…

컴퓨터를 켠 김에
출산 정보를 얻고자 엄마들의 출산기를 읽기 시작했는데…

가능했다!

내 코 고는 소리에 내가 깸…

사실, 졸았던 것보다 더 예상하기 힘든 일이 앞서 발생했다!

ㅠ..ㅠ 생애 첫 관장… 엄마 되기 진짜 힘들구나…

둘째, 셋째, 넷째 출산 때는
관장 약을 넣고 2, 3분 참기도 힘이 들었었는데

놀랍게도 첫애 때는 10분을 다 참아냈었다!

유도 분만이고 출산이고 뭐고…

그 순간 만큼은 모든 걸 비워낸 절대 평안을 맛볼 수 있었는데…

평안 후… 곧 닥친 위기!

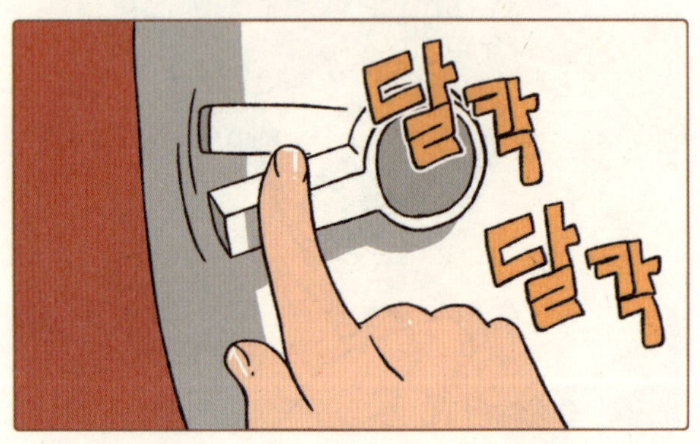

변기가 막혔다!

관장 후 애타게 문을 두드리고 있는 뒷 산모를 위해
정말 열심히 최선을 다해 초고속으로 변기를 뚫었던 기억이…

아~ 정말! 인생엔 늘 예상치 못한 일이 발생한다!

넷째 쯤 되니… 육아가 어느 정도 예상이 되는 요즘…

어느 정도 예상이 되기에, 한편으로는 더 두렵기도 하다…

그런데 최근!
다 알고 있다고 생각했던 육아에 또 예상치 못한 일이 발생!

삼 형제 키우는 동안 단 한 번도 없었던 변비를 만난 것이다!

이유식을 더 신경 써서 먹이지 못한
엄마 잘못 같아서 진심으로 미안했다… ㅠ..ㅠ

배도 갈아 먹이고 이유식도 바꾸며
신경 써준 결과, 다행히 며칠 고생하고 변비 탈출~!!

인생엔… 늘 예상치 못한 일이 발생한다!

내가 당신이랑 결혼할 줄이야…
그러게~ 과에서 당신 처음 봤을 땐 상상도 할 수 없었던 일인데…

우리가 정말 네 아이의 부모가 될 줄이야…
그러게~

우리가 정말
만화가가 될 줄이야…
응…

우리가 한국인으로
태어날 줄이야…
그만해…
-_-;;

우리가 지구에…
그만하라고…!!

첫애 출산일이 다가오면서,
'자연분만 할 수 있을까?'
'고통이 너무 심하면 어쩌지?'
등의 걱정은 했었지만…

관장 후 변기가 막혀서 걱정하게 될 줄은 몰랐죠. ㅠㅠ
애 낳다가 잠이 들어서 애먹을 줄도 몰랐구요. ㅡㅡ;;

"일어나세요! 주무시면 안 돼요! 호흡하셔야죠~!"
소리치며 저의 뺨을 때리던 간호사의 손길이 기억나네요… ^^;;;

아이들 키우면서 예상치 못한 일들은 더 빈번히 발생하는 것 같아요.
아이들은 어른이 생각지도 못한 일로 다치기도 하고
엉뚱한 일을 벌여서 어른들을 난처하게 만들기도 하고요.

하지만,
미래를 예상할 수 있다면
인생에 '슬프도록 아름다운' 일들이 존재하기는 어렵겠죠…? ^^

요즘에도 문득문득 랄라를 보며 다시금 감동을 받습니다.
우리가 딸을 낳을 줄이야…!!! ㅠ.ㅠ

예측할 수 없기에
오늘 하루도 감사하고 귀한 것…

예측 할 수 없기에…
인생은 감동입니다.

대용량이 필요해

사 형제를 키우는 언니네 집.

이것이 바로 6인 식구의 물량~!

삼 형제가 쑥쑥 크면서 우리 집도 필요 물량에 변화가 생겼다.

집 안의 모든 물품을 대용량으로 바꾸려고 맘 먹을 즈음…

10년을 한결같이 돌아가던 세탁기마저
멈춰 버림! ㅠㅠ

하루라도 빨래를 안 하면 안 되는 상황.

결국, 며칠 동안 빨래방을 전전 하다가

결국 대용량 세탁기로 교체!

대용량 세탁기로 바꾼 후 더 많은 빨래를
한꺼번에 돌릴 수 있어서 좋긴 한데…

원체 빨래 양이 많다 보니

수동 빨래 검열 시스템(?)을 도입할 수밖에…!

물량이라고 하면 빠지지 않는… 설거지의 양!

한 판만 밀려도… 감당하기 힘들어지는 설거지…

랄라 이유식을 만들기 시작하면서부터 더더욱 쌓이고 있다…

그래서 요즘은 식사를 마친 후에 늘~ 자기 암시를 걸고 있다!

6식구가 되고, 확실히 쓰레기 양도 어마어마해졌다!

분리수거, 며칠만 늦어져도 집 안이 쓰레기통이 됨!

막내 랄라 양도 쓰레기 양에 한몫 하고 계시다는~ ^^

그리하여 오늘도…
짬짬이 빨래를 하고… 설거지를 하고… 쓰레기를 치우고 있다~!
(다들 그렇게 사시죠? ^^)

그러다 보니…

사탕에 선물에 손편지까지....
착하고 늘 내편인 남편....
Tootsie POP
ㅋㅋ 우린 둘다 오르고 지나갔네   3월14일
사랑하나봐.ㅋㅋㅋ 엇져!!   8월14일
자기야! 어제 화이트데이였대!
칫! 나 사탕도 안 주고!
당신도 발렌타인데이 때 나 안 줬잖아!!

그러다보니…

감당해야 할 물량이 많다 보니 사소한(?) 것은 잊고 살게 된다는…
뭐, 그런 얘기~ ㅋㅋ (중요한 것은 잊지 말자~!!)

애들은 밖에서 잘~도 얻어 먹네…?

언제 커서 아빠 엄마 챙겨 줄래? ㅋㅋ
아니, 그것보다 옷 좀 깨끗하게 입어다오~ 플리즈! ㅎㅎ

자녀 3~4명을 데리고 다니는 부모를 볼 때면
'참 대단하다~' 싶은 생각이 들어요.

다둥이를 키운다는 것 뒤에 숨겨진
어마어마한 물량이 눈에 보이기 때문이죠. ^^

아이 넷을 키우는 제가 봐도
다둥이 가정이 신기하기만 한데
저를 보는 다른 사람들의 시선도 그래서 이해가 된답니다. ㅋㅋ

아들 넷 키우는 언니네 집도 소비하는 물량이 엄청나요.
언니는 집 근처 가락시장에서 대량으로 장을 봐서 요리를 하곤 합니다.
가족들 먹거리만 만들어도 쉬운 일이 아닐 텐데
반찬 봉사로 이웃 어르신들의 먹거리까지 챙기는 언니 모습을 보면서
많이 배우고, 도전받게 된답니다… ^^

휴…
식구가 많다 보니, 절대 밀려서는 안 되는 설거지며 빨래도 어마어마.
밀리면 정말 하기 싫거든요.
어디서 어떻게 손을 대야 할지도 막막해지고요. ㅠㅠ

집 청소요? 그건 뭔가요?
먹는 건가요? ^^;;

첫째가 태어났을 땐,
'아기 키우는 집이니 깨끗하게 청소하자!'라고 생각했는데
아이가 넷이 된 지금은,
'먼지도 있고 해야 아이들 면역력이 좋아지지!'라고 생각이 바뀌었어요. ㅋㅋ

다행히 지저분한 걸 싫어하는 남편 덕에
집 정리와 집 청소는 어느 정도 적정선을 유지하고 있답니다. ㅎㅎ

어디에 뒀더라?

다인아! 줌마월드
입성을 축하한다…!
오싹

후다닥

어…?
아…

아이를 낳은 후 확실히 심해졌다!

바로바로 건망증!

당신도 건망증에 시달리고 있다면
손에 들고 있는 것부터 확인하라!

냉장고 안을 확인하라!

주머니 속을 확인하라!

아이를 키우고 있다면, 남편도 예외일 순 없다!

누구를 먹이고 있는지 확인하라!

누구의 아이인지 확인하라!

주차 장소를 확인하라!

아기 물건은 수없이 체크해도
모자라지 않다!

식단을 확인하자!

매일 같은 것만 먹게 될 수도 있다!

아이들 준비물도 여러 번 확인하자!

서로 확인해 주며…

같이 대화하고 생각하며…

그렇게 정신없는 하루하루를 보내고 있는
어느 만화가 부부의 이야기! ^^;;;

아이들에게도 '까먹증' 이 있는 것 같다~!

아이들의 까먹증은
엄마 아빠의 잔소리증을 유발시키므로
주의하자! ㅋㅋ

건망증, 까먹증, 잔소리증…
아이들을 키우며 당신의 증상도 심해지는가?

그래도 괜찮다!

우리에겐…

서로서로 챙겨 줄…

소중한 사람들이 있으니까!

일명 '깜빡증'이 심해지고 있습니다.
그런데 얼마 전 기사를 보니
엄마가 되면, 자녀를 먹여 살려야 한다는 생각 때문에
뇌가 더 발달한다고 하더군요~!
아기를 낳으면 건망증이 심해진다는 내용에 반하는 내용이었지요~

열심히 마감하는 제 모습을 보면
어느 정도 맞는 말인 것 같기도 하고…
평소 저의 생활 모습을 보면
그렇지 않은 것 같기도 하고… ㅎㅎ

아들 넷 키우는 저희 언니가
언젠가 외출을 하는데 셋째를 놓고 나와서
다시 집에 간 적이 있다는 말을 듣고는
한참을 웃었었는데, 그게 남의 이야기가 아니더라구요.
저도 매번, 둘째 셋째 어디 갔나 두리번 두리번… ㅋㅋ

아이들도 잠 까먹고~ 엄마 아빠도 늘 정신없지만~
그래도 서로서로 챙겨줄 가족이 있기에
우리에게 희망은 있는 거겠죠? ^^

73화

그땐 몰랐지

20대 신혼 시절, 피규어에 빠져있던 우리 부부.

디테일이 살아 있는 개성 강한 피규어라면
값이 좀 비싸더라도 용돈을 모아 사곤 했었다.

그땐 몰랐다!

10년 뒤, 자식들한테 다 빼앗길 줄이야!

결혼 전, 군생활 동안 주고 받은 편지를 추려서
둘이 함께 첫 단행본을 출간했었는데…

책 내용 중에, 술에 취했었던 대학교 1학년 때의
에피소드를 하나 넣었다.

그땐 몰랐다!

10년 뒤, 내 아이들이 그 책을 볼 줄이야…!

10년 뒤, 내 아이들이 그 책을 보고 내게 물어볼 줄이야…! ㅠ.ㅠ

어려서부터 농구 사랑이 남다른 남편.

20대 중반, 웹툰 작가로 데뷔한 후
본격적인 청소년 농구 만화를 연재했었는데

그땐 몰랐다!

10년 뒤, 우리 아이들이 그 책을 좋아하게 될 줄이야!

선생님이 오해 안 하셨으면 좋겠다… ㅠ..ㅠ

'손에서 매운 빛을 발하다'라는 뜻이거든요~ 선생님… ^^;;;

최근 패밀리 사이즈 단행본이 나오자
신나서 읽기 시작한 우리 집 독자 3인방.

몇 번씩 내용을 확인하며, 보고 또 보고…

몇 번씩 내용을 확인하며, 보고 또 보고…

글자를 모르는 독자님…
오직 사진만 재밌다고 하시기도… ㅋㅋ

20대 때 연재할 땐 절대 예상할 수 없었던 독자.

이 뜻밖의 독자들 때문에 엄마 아빠는 좀 더 신중히,
더 열심히 연재해야겠다는 생각을 해 본다!

삼돌이 중에 특히 애정이 많은 어떤 독자님은

이제 아이디어 제공까지 해 주신다는… ㅋㅋ

이노 씨의 절친, 레고 마니아 이수!

24살 때, 엽기 코믹 만화로 데뷔한 한 여자 만화가가 있습니다.
그녀는 더 엽기적이고 더 코믹한 만화를 만들고 싶어 했죠.
그때만 해도 그녀는 몰랐습니다.
그 만화를 어린 아이들이 볼 것이라는 사실을…
게다가 그 아이들이 그녀의 자녀들일 줄은 더더욱 몰랐죠~! ㅋㅋ

재미만 추구해서는 안 된다는 것을…
부모가 된 그녀는 조금씩 깨달아 갑니다.

처녀 총각 시절 사고 모은 물건들 역시
아이들의 시선을 피해가지는 못합니다.

"엄마! 그거 뭐예요? 나 주세요~"
엄마 아빠 물건을 보고 스스럼없이 말하는 아이들.

어렸을 때 엄마 아빠의 물건들을 가지고 놀며 신기해했던
저의 어린 시절을 떠올리며
망설임 없이 물건을 건네주곤 합니다.

"망가뜨리지 말고 조심히 가지고 놀아 줘~!"라는
시켜지지 못할 부탁과 함께… ^^

주는 순간 알고 있지요
'이제 너도 끝이구나… ㅠ..ㅠ 이듀…' ㅋㅋ

74화

봄날의 화초를 좋아하세요?

돈 주고도 못 사는!　금쪽같이 귀한~!

미세먼지 없는 이 화창난 봄날~~!

이렇게 좋은 봄이 오면
어김없이 우리를 유혹하는 것이 있으니…

일명 초록이! 바로 화초들이다~!

가격도 착해요~

집 안 곳곳, 안 어울리는 곳이 없어요~

사진빨(?)도 잘 받아요~

화사하게 집 안 분위기 업그레이드 하는 것은 기본~!

기분 좋은 향기는 덤이다~!

그랬다…

잘 키워보겠다고 이름도 외우고

키우는 방법도 꼼꼼히 체크했었지만…

정신 없는 날들이 이어지고, 하루 이틀 잊다 보면…

계속 계속 쭈~~욱! 잊게 되고…

그렇게…

초록이들의 마지막은 비극으로 끝이 나곤 했다. ㅠ..ㅠ

나의 화초 사랑은 결혼과 동시에 본격적으로 시작 되었는데…

엄마가 너 시집 갈 때 주려고 그동안 열심히…

키운 거야~! 너 백일 때부터 키운 건데… 이제 니가 키우거라~

내 백일? 와~ 그럼 얘랑 나랑 동갑이네?
신기하다~! 나도 아기 낳으면 화분 친구 만들어 줘야지~!

마침 첫째, 션이 태어났을 때 선물로 들어온 화분!

그리하여 본격적인 화초 키우기 공부에 돌입!
화초 동아리 가입 완료! 서적들 구입 완료!

화초 사랑은 점점 과해지며…

화초에 대한 열정은 점점 커지고 다양한 시도를 하기 시작!

일상의 여러 소재들로 화분을 만들기도 하고…

그렇게 첫애 낳고, 관심을 갖게 된 화초 사랑은
2년 뒤 집 안 곳곳에, 수~십 개의 화분을 낳게 되었다!

하지만…

뚜야~ 이거 먹는 거 아니야~!!

큰애와 달리, 둘째가 화분 흙을 파먹기 시작하고
두 사내 녀석을 키우며 내 정신도 혼미해지기 시작…

그렇게 비극으로 끝나고 만 초록이들과의 사랑과 추억… 흐흑…

그래! 또… 그랬었다…!

다 내가 샀으면서
애들 핑계로 물주기를 남편에게 미루게 되고…

남편마저 서서히 잊게 되면서…

그들은 모두 말라버리고 말았었지…! ㅠ..ㅠ

하지만 이 화창한 봄날!
눈과 코가 향긋해지는 뿌리칠 수 없는 유혹이기에!!!

올해는 우리 진짜 진짜 잘~ 지내보자규~! ^^;

“작가님, 화초에 물 주셨나요?”
싸인회 때 얼굴을 보자마자 한 학생이 질문을 하더군요…

아하하하…
매일 매일 주고 있답니다! ^^

텃밭에 상추 등 채소를 키우기 시작하면서
화초들에게 물 주기도 까먹지 않게 되었죠~ ㅎㅎㅎ

살면서 텃밭을 하게 될 줄은 몰랐는데…
이런 변화 역시 아이들 덕분인 듯합니다.

봄이 오면 씨앗을 뿌리고…
식목일엔 함께 꽃을 사고 나무에 물도 주고…

화분에 자기 이름을 적어 친구 삼고,
매일 물을 주고, 인사를 건네면서
작은 생명도 소중하다는 것을 깨닫게 되는 우리 아이들….

자연의 아름다움과 일상에서 느낄 수 있는 소소한 즐거움 등을
화초들을 통해 자녀와 함께 누려보세요~ ^^

우리 집 힐링 에너지

사진 잘 찍는 친한 친구에게 부탁해

집 안에서 편하게 찍었던 첫째 백일과 돌 사진!

집에서 찍었어도
여느 스튜디오 못지 않게 잘 나온 사진을 보며

아빠는 카메라에 대한 로망을 키우기 시작!

그리하여 친구의 도움으로 좋은 DSLR 카메라를 구입했다!

그 후부터, 가족 여행 어디든지 따라다니게 된 DSLR 카메라!

하지만 여행 때마다, 아기 짐 챙기는 것도 한가득인데
카메라와 장비들까지 챙기자니 너무 힘들~

DSLR 카메라에 대한 의욕이 차차 사그라들다가…

중고로 팔아버리고, 좀 더 작은 것을 다시 구입하게 되었다!

그러나 아이가 둘이 되자
여행 갈 때 짐은 두 배, 세 배로 늘어나게 되고…

그냥 선명하게 찍히기만 하면 된다는 생각에
DSLR은 포기! 디카로 다시 갈아타게 되었다.

그리고 셋째가 태어나자…

마지막으로 넷째가 태어나자…

옹기종기 모여 있는 모습만 보면 사진 찍어 주고 싶은 부모 마음~!

하지만 그 예쁜 모습들을 어찌 다~ 찍을 수 있겠는가!

그냥 우리 눈과 마음에 많이 담아두기로 하자~! ^^

아이들이 활짝 웃는 모습을 보면

사진 찍기 위해 달려가는 엄마!

그러나 찍으려는 순간, 바람과 함께 사라지는 아이들…

아고~
예뻐라!

이번엔 꼭
찍어야지!
후다닥

아, 또 어디 갔어?
예뻐서 사진 찍으려고
했니이… 또 사라졌네!
?

맏이 답다! 눈치 백단 션! ㅋㅋ

가족 사진 찍기에 아주 유용한 물건이 있다!
바로 셀카봉!

제대로 찍었겠거니, 싶으면 한 녀석이 딴 데를 보고 있고…

이번엔 제대로 찍었겠거니~ 싶으면…

한 녀석이 짤려 있고…

아이들과 가족사진 찍으려면
수차례 찍어야, 겨우 한 장 건질까 말까 한다는~!

그러나 이 좋은 셀카봉마저…

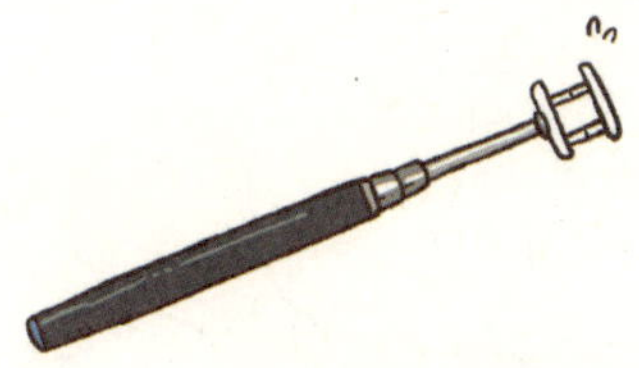

애들 챙기느라 정신 없이 외출하면
빼놓고 다니기 일쑤라는… ㅋㅋ

유치원생만 되어도
엄마 아빠 휴대폰에 손을 대기 시작하는 아이들…

허락 없이 휴대폰 만진 범인은 비교적 찾기가 쉬운데…

범인의 흔적이

고스란히 사진 속에 남아 있을 때가 많기 때문~!

어린 범인이 찍은 사진치곤, 꽤 잘 찍은 사진도 많이 있다는… ㅋㅋ

아이들 키우면서 찍은 수백 수천 장의 사진들…

큰맘 먹고 1년치로 나눠 정리할 때가 있는데…

아이들의 어린 시절 사진들을 보고 있자면…

근심걱정은 모두 사라지고

입가엔 미소가~

눈가엔 웃음이~ ^^

아이들 사진 만한
힐링이 또 없다~! ㅎㅎ ^^

주변을 보면 카메라에 공들이는 아빠들이 한 둘이 아닙니다.
자녀들 사진을 보다 예쁘게 잘 찍어 주고 싶은 아빠들 마음이겠죠?

저희가 첫애 낳고 처음 카메라 입문했던 때와는 다르게
요즘은 가볍고 좋은 카메라도 많이 나오는 것 같아요.

당시, 우량아 첫째 아이를 안고 다니면서
무거운 카메라 장비를 챙기자니 정말 힘들었던 기억이… ㅋㅋ

사진은, 사실 찍는 것보다 찍은 후에 정리가 더욱 큰일이죠~!
둘째 때까지는 짬짬이 사진 정리도 하고,
인화해서 앨범으로 차곡차곡 정리도 해 두었었는데…

셋째 넷째가 생긴 지금은
연중행사로 하기에도 쉽지 않은 현실이네요… ㅠ..ㅠ

우리 아이들…
자라는 그 모습을 다 담아두지 못해서 항상 아쉬워하는 부모 마음…

마음에 담긴 아이들의 모습이,
그 모든 추억들이 빛바래지 않길 바라봅니다… ^^

Family size
Big Size!!
패밀리 사이즈 3권 출간,
빅 축하 !!
2015. 7. 2

패밀리 사이즈 3권
많이 사랑해 주세요